파이트

KB207995

이라야 장편소설

파이트

창비

차례

한국의 겨울

킥이 날아오는 순간, '어쭈' 하고 머리를 흔든 게 잘못이다. 그 틈에 상대의 주먹이 내 오른 턱을 날렸다. 홱 돌아간 고개 때문에 내 몸이 비틀렸고 중심을 잡기 위해 뒷걸음치는 사이, 체중을 실은 상대의 강한 킥이 내 허벅지를 강타했다. 퍼억!

나는 그대로 링 바닥에 엎어졌다. 휙, 잽싸게 몸을 뒤집는데 날쌘 상대의 손이 내 머리통을 홱 젖히고 울대뼈를 압박했다. 커억!

막힌 숨통에서 소리가 되지 못한 비명이 터졌다. 아나콘다 같은 상대의 두 다리에 내 몸통이 휘감겼다. 조여든다. 갈비뼈와 머리통이 으스러지는 것 같다. 빠져나가야 산다.

독수리 발톱인 양 손가락을 세워 상대 팔뚝에 꽂았다. 마우스피스가 문드러질 정도로 이를 악물고 발뒤꿈치로 링 바닥을 힘껏 밀었다.

"학생, 학생 괜찮아?"

몸을 반쯤 굽힌 파마머리의 아줌마가 나를 흔들었다. 휘둥그레진 눈이 아줌마 얼굴의 반을 차지하고 있었다. 내가 눈을 깜빡거리자 아줌마는 한시름 놓았다는 듯 깊은숨을 내쉬었다. 박하 향섞인 입김이 내 얼굴에 닿았다. 이 사람은 누구지.

"일단, 일단 이 손에 힘 좀 빼 봐. 응?"

그때까지 스스로 목덜미를 움켜쥐고 있던 내 손을 아줌마가 톡톡 쳤다. 둘러보니 KTX 객실 안이다. 졸았나 보다.

민망해진 나는 손을 풀어 바지에 쓰윽 문질렀다. 검은색 바지에 땀이 묻어나며 젖은 자국이 생겼다. 엉덩이를 비비적대며 몸을 곧추세우는 것으로 무안함도 달랬다. 아줌마는 바닥에 떨어진 자기 가방을 주워 올리며 내 옆자리에 앉은 엄마에게 의심스러운 눈길을 보냈다. 엄마는 이 소란에도 창밖만 보고 있다.

용산역에서 같이 기차를 탔으니 아줌마는 우리가 모녀지간이라는 것을 알 것이다. 아니, 그게 아니더라도 우리는 누구든 한눈에 알아챌 만큼 닮았다. 유난히 동그란 얼굴에 콧날이 불룩한 것이며 작지도 크지도 않은 입에 고집스럽게 보이는 눈매까지 전체적인 인상이 똑 닮았다. 더구나 긴 머리카락을 손가락으로 쓸어 묶은 엄마 머리와 레게 스타일로 땋은 내 머리를 보면 두상은 거푸집으로 찍어 낸 것마냥 똑같다. 누가 뭐래도 엄마와 딸이다.

"아니, 오늘 같은 추위에 옷은 왜 그렇게 얇게들 입었어?"

아줌마는 수상한 눈빛으로 엄마와 나를 번갈아 훑었다.

아줌마 말대로 한국은 정말 추웠다. 나는 한국인 엄마와 아빠 사이에서 태어났지만, 내 의지와 상관없이 세 살 때부터 선교사인 아빠를 따라 캄보디아에서 살았다. 그리고 열일곱 살이 되기까지 한국에 들어온 적도 없다. 그렇기에 애초에 환대는 소망하지도 않았다. 아무리 그래도 그렇지. 십사 년 만에 피난처를 찾아 돌아온 나를 맞아 주는 고국의 기온 치곤 너무 혹독하고 매서웠다.

불과 여섯 시간 전, 캄보디아에서 출발할 때는 하얗게 눈 덮인 세상을 기대했다. 인터넷에서 검색해 본 한국의 겨울 이미지는 그야말로 겨울 왕국이었다. 그 겨울이 얼마나 추울지까지는 예상하지 못하고 그저 눈사람을 한번 만들어 보고 싶다는 생각뿐이었다.

하지만 인천 공항 밖으로 나서는 순간, 황량하게 얼어붙은 도시와 마주쳤다. 사납게 내리꽂히는 바람은 살갗을 도려낼 듯이 얇은 옷 속으로 파고들었다. 나름 긴팔 셔츠에 긴바지를 챙겨 입었는데 한국의 추위와 바람에 맞서기에는 턱도 없었다. 기내용 검은 캐리어 손잡이를 잡은 앙상한 엄마의 두 손이 빨갛게 얼어 갔다. 바짝 끌어 올린 어깨에 얼굴을 파묻고 오들오들 떨고 있는 모습을 보니 약 기운에도 추위를 느낄 감각은 살아 있나 보다 싶었다.

일단 바람을 피해 공항 안으로 다시 들어가면 좀 낫겠지. 엄마를 향해 손을 뻗는 찰나, 엄마가 캐리어를 바람막이 삼아 쪼그려

앉았다. 나는 엄마를 부르려던 손을 얼른 거둬들였다. 그대로 엄마를 구겨 넣으면 기내용 캐리어에 들어갈지도 모른다는 생각이 들면서 어쩌면 그게 엄마 쪽에서나 내 쪽에서나 더 편할 일 아닌가 싶었다.

낯선 이곳에서 살아가야 한다는 것만으로도 막막한데 우울증약 기운으로 무기력하게 하루를 버티는, 알코올이 눈에 띌 때마다 그 힘을 빌리는 엄마까지 신경 써야 한다는 건 엄청난 부담이었다. 나 혼자 도망치려고 했던 계획이 어그러진 것도 불편했다. 어쨌거나 할머니 집까지 가면 무슨 수가 나겠지.

그러니까 할머니 집이 있는 익산에 가려면 공항에서 버스를 타고 용산역에 간 뒤, 거기서 다시 KTX를 타야 했다. 한국에 오기 전, 인터넷 지도 거리 뷰를 보며 열심히 동선을 그려 보았건만 막상 한국 땅에 두 발을 딛고 서니 앞이 캄캄했다. 사람들은 치일 정도로 많고 다들 분주했으며 공항 안과 밖은 복잡했다. 물어물어 헤맨 끝에 매표소에서 표를 끊고 용산역행 버스 타는 곳을 찾았다. 마침 버스가 들어오는 게 보였고, 사람들 사이로 엄마도 보였다. 캐리어에 바짝 몸을 붙인 채 두리번거리고 있는 엄마. 혹시, 나를 찾는 것 아닐까. 그러나 "엄마" 하고 부를 수가 없었다. 그 단어는 내 심장에서 재가 된 지 오래였다.

"여기, 여……."

엄마가 비쩍 마른 몸을 일으켰다. 나를 봤나 싶었다. 그런데 엄마는 "분당 가실 분!" 외치는 아저씨 소리를 듣고는 캐리어를 끌고 그 줄에 섰다. 대체 무슨 생각으로 저러는지 모르겠다. 엄마는 이런 식으로 내 속을 뒤집다 못해 오장육부를 휘저어 버린다. 나는 뛰어가 캐리어 손잡이를 홱 잡아끌었다. 엄마가 잡고 있던 손잡이를 놓치자 당황한 기색으로 가슴팍을 움켜쥐듯 더듬거렸다. 또, 또 저런다. 대체 저 가슴 언저리에서 뭘 잡겠다는 것인지.

"정신 차려. 여기 한국이야."

"그러니까 저 버스 타야……."

엄마는 미련이 남은 듯 분당행 버스를 애절하게 봤다.

"가."

나는 캐리어를 끌며 고개를 까딱 움직였다. 앞서서 걸으면서도 뒤따라오는 엄마 발소리에 귀를 집중시켰다. 아무리 수많은 차 소리와 북적대는 사람들 말소리에 묻혀 있어도 나는 엄마의 작고 가는 몸뚱이가 내는 소리만 솎아 낼 수 있다. 엄마는 지금 쉰 살이 채 안 됐으면서도 칠십 대 중반의 배앓이하는 할머니 같은 모습으로 걷고 있을 게 분명하다. 그래도 아무튼 나를 따라오고 있다는 생각에 내심 안도감이 들었다. 서둘러 캐리어 두 개를 버스 트렁크에 넣고 엄마를 찾았다.

엄마는 두 손을 가슴에서 포갠 채 떨며 버스 출입문 앞에 서 있었다. 운전석에 앉은 기사가 어디 가느냐고 묻는 중이었다. 그 말을 내가 받았다.

"용산역 가요."

나는 엄마 등에 버스표를 대고 슬쩍 밀었다. 버스 기사는 한 발한 발 느리게 오르는 엄마를 불편한 기색으로 쳐다보았다. 뒤이어 내가 버스에 올라 엄마 뒷자리에 앉을 때까지 혹시 버스에서 쓰러지기라도 하는 거 아닌가 하는 못마땅한 눈초리를 꽂았다. 나는 절대 그런 일 없을 거라는 뜻으로 팔짱을 끼고 턱을 치켜들었다. 그렇게 용산역으로 왔고 또 헤맨 끝에 익산으로 가는 KTX에 탄 것이다.

"학생, 어디까지 가?"

아까 잠든 나를 흔들어 깨운 파마머리 아줌마가 물었다. 내가 어디까지 가는지 이 아줌마가 왜 궁금할까. 그 이유를 알 수 없어서 입을 꾹 다물었는데 아줌마는 여전히 차림새나 분위기가 수상쩍은 엄마와 내게서 뭔가 캐내고 싶은 눈치다. 그 눈길을 피해 KTX 천장에 붙은 모니터를 보는 순간 기다리던 안내 방송이 나왔다.

"우리 열차는 잠시 후 익산역에 도착하겠습니다. 미리 준비하시기 바랍니다. 고맙습니다."

창밖만 보고 있던 엄마가 몸을 부스스 일으켰다. 아줌마도 나도 죽은 사람이 부활하는 장면을 목격한 양 눈이 휘둥그레졌다. 우리는 그렇게 기차에서 내렸다.

밤 8시의 익산역 광장은 막막했다. 역사에서 뿜어 나오는 불빛에 시야는 확보되었지만 어디로 첫발을 내디뎌야 할지 알 수 없을 만큼 한적한 도시는 어둠에 잠겨 있었다. 한국으로 오기 전 여러 차례 반복했던 시뮬레이션은 소용없었다. 왜 그랬는지 모르겠지만 내가 그린 익산역은 언제나 환하고 따뜻했으며 많은 사람이 바쁘게 오가는 곳이었기 때문이다. 그 속에서 나는 도착하자마자 뭐부터 했더라.

돌아보니 엄마가 서 있다. 정신이 바짝 들었다. 백 번도 더 그려 본 내 시뮬레이션에 엄마는 한 번도 없었다. 나 혼자 오로지 꿈을 위해 살아갈 작정이었다. 그런데 어쩌다 엄마까지. 에잇. 이를 악물고 고개를 빠르게 흔들었다. 후회는 빨리 떨쳐 버리는 게 좋다. 날은 춥고 시야는 어둡고 배도 고팠다. 생각해 보니 비행기에서 먹은 기내식이 오늘 일용한 양식의 전부였다.

나는 엄마가 붙들고 있는 캐리어 손잡이 기둥을 끌었다.

"가."

드르르, 드르르, 드르르. 캐리어 바퀴 구르는 소리가 어쨌든 출발을 알렸다.

편의점으로 들어섰다. 한국의 편의점은 드라마를 통해 많이 봤던 터라 낯설지만은 않았다. 편의점에서 김밥 두 줄과 컵라면 두 개를 집었다가 컵라면 하나는 다시 내려놓았다. 돈을 벌기 전까지 배부르게 먹는 건 사치다. 전자레인지에 김밥을 돌리고 컵라면에 뜨거운 물을 부었다. 창가 앞 테이블에 컵라면을 가져다 놓자 엄마가 언 손으로 컵라면을 감쌌다. 나는 나무젓가락이 든 종이 포장지를 벗겼다.

쩍, 땅.

나무젓가락 쪼개는 소리와 동시에 할 일을 마친 전자레인지의 신호음이 울렸다. 젓가락을 테이블에 놓고 얼른 김밥을 꺼내 왔다. 포장지를 벗겨 상차림을 완성했는데도 엄마는 음식 냄새를 맡지 못하는 것처럼 멍했다. 하나도 안 불쌍했다. 차라리 먹다 토하든지, 쏟든지, 엎든지 하면 불쌍할지 모르지만 이건 아니다. 나는 보란 듯이 김밥 두 개를 손가락으로 집어 입에 욱여넣고 씹었다. 씹으면서 컵라면 뚜껑을 뜯어냈다. 나무젓가락으로 면발을 휘휘 저은 뒤 그대로 꽂아 엄마 앞으로 밀었다. 이제는 먹겠지.

다시 김밥 두 개를 입에 넣고 창밖으로 고개를 돌렸다. 게슴츠레 불이 켜진 건너편 간판이 어서 이 밤이 가기만을 기다리는 것처럼 보였다. 저것들도 하루가 고단한가 보다. 그렇다고 3,500킬로미터를 날아온 나만큼이나 고될까. 오늘 있었던 장면들이 머릿속에서 철컥철컥 넘어가는데 별안간 저쪽에서 아르바이트생이 소리를 질렀다.

"계산 먼저 하고 드세요!"

얼른 고개를 돌리니 엄마가 술병을 따고 있었다. 소주도 맥주도 아닌 위스키다. 나는 얼른 엄마 손을 쳐 냈다. 이런, 벌써 봉인이

뜯겼다. 내가 잠깐 한눈파는 사이 귀신같이 진열장의 술 냄새를 맡은 거다.

아르바이트생이 다가와 병을 요리조리 돌려 보더니 계산해야 한다고 했다. 사만구천 원. 돈 아끼려고 컵라면도 안 먹은 나에게 너무 가혹한 금액이었다. 어쩔 수 없이 딱 한 장밖에 없는 오만 원짜리로 술값을 치렀다. 자리로 돌아오니 엄마는 뜯다 만 봉인을 마저 뜯어내려고 거미 다리 같은 손가락으로 기를 쓰고 있었다. 술병을 홱 낚아챘다.

"이리 줘."

엄마는 술병을 향해 두 손을 모아 흔들었다. 애절했다. 간절했다. 그 모습이 기가 차고 웃겼다.

"컵라면 다 먹어. 김밥도 다 먹고. 그럼 줄게."

그 말을 듣고 엄마는 나를 향해 흔들던 두 손을 가슴에서 바로 세웠다. 그리고 머리를 숙였다. 오 초 남짓밖에 안 되는 엄마의 식사 기도. 그것도 기도라고. 하나님 간에 기별도 안 갈 기도를 왜 하는지 모르겠다. 엄마는 손을 풀고 젓가락으로 라면 한 가닥을 집어 올렸다. 아주 천천히 국물까지 마셨다. 배도 고팠겠지. 추웠겠지. 김밥 포장지를 끌어다 들이밀자 그것도 집어 먹었다. 엄마를 다루는 데 술이 미끼가 될 줄 몰랐다. 마시면 이기지도 못하고 병이 나고야 마는 지긋지긋한 술 아닌가. 그런데도 술만 보면 마시려고 드니 그것도 참 병이다. 엄마 눈에 술이 안 보이면 문제 될

게 없으니 그것 또한 아이러니다.

나는 엄마가 마지막 김밥을 집어 듦과 동시에 자리를 정리했다. 엄마는 김밥을 입에 문 채 술병을 집으려고 팔을 뻗었다. 나는 얼른 술병을 집어 들고 배낭을 둘러멨다.

"집 가서 마셔."

술을 마실 수 있다는 희망 때문인지 엄마는 순순히 자리에서 일어났다. 얌전히 의자를 테이블 아래 집어넣더니 조심스럽게 편의점을 나갔다. 나가면서 아르바이트생에게 허리 숙여 인사까지 건넸다. 엄마의 인사를 받으면서 아르바이트생은 나를 봤다. 불쌍하다는 듯이.

그런 눈으로 쳐다보지 마라. 나, 불쌍한 사람 되기 싫다. 그래서 여기까지 왔는데…… 아이씨, 버틸 수 있을지 모르겠다. 어쨌거나 기를 써 봐야지. 내일 아침으로 먹을 김밥을 두 줄 사서 나왔다.

편의점 입구에 놓인 쓰레기통에 엄마 몰래 위스키 병을 버렸다. 아까운 돈 때문인지 지독한 술의 무게 때문인지 떨어지는 소리가 둔탁하게 들렸다. 나를 약 올리는 냉랭한 바람은 더 거세졌다. 내일 당장 아르바이트 자리를 구하고 두툼한 옷부터 사야겠다. 그런데 할머니 집에 가는 버스를 어디서 타더라. 익산역 앞 횡단보도를 건너왔으니까. 오른쪽으로 꺾어서 조금 올라가면 약국 앞…… 아, 저기다. 캐리어를 끌었다. 드르르.

"거기 서!"

누군가 내 어깨를 잡아 휙 돌렸다. 검은 비니를 쓴 키가 큰 아줌마였다.

"이거 방금 네가 버렸지."

아줌마가 위스키 병을 들어 올렸다. 내가 대답할 사이도 없이 얼굴을 확 디밀었다.

"어디서 났니?"

"편의점에서 샀는데요?"

"훔친 건 아니라는 거지? 샀어도 문제야. 미성년자에게 술을 팔았다는 거잖아. 가자."

아줌마는 끝내주는 정의감으로 현행범 체포하듯 내 손목을 잡아끌었다.

그렇지만 순순히 끌려갈 나도 아니다.

"샀다고요!"

"그러니까 편의점 가서 확인해 보자는 거야. 팔았는지 훔쳤는지. 그리고 벌을 받아야지."

"아씨, 어른이 샀다고요!"

나는 팔을 뿌리치며 소리쳤다. 아줌마의 거센 악력이 내 팔을 더 꽉 조여 왔다.

"얘가 끝까지. 누가 어른이야? 내가 너 같은 놈들……."

아줌마가 말을 끊었다. 두세 걸음 떨어져 있는 엄마를 본 것이다. 엄마는 내가 무슨 시비에 휘말렸는지 아랑곳하지 않고, 추운 듯 손을 모아 입김만 불고 있었다. 아줌마는 '네가 말하는 어른이 저 사람이냐?' 묻는 투로 고개를 까딱했다.

"맞아요."

그러니까 저 사람이 내 보호자라는 뜻이었는데, 아줌마는 엉뚱하게 해석했다.

"요새 돈 주고 어른들에게 술, 담배 사 달라고 하는 녀석들이 있다더니."

"아이씨, 진짜. 아니라는데 왜 사람 말을 못 믿어요."

"믿음이 가야 믿지. 아무나 어떻게 믿어. 세상이 그런 세상이냐?"

아줌마는 나를 끌고 편의점으로 들어갔다.

청소년에게 술을 팔았느냐는 질문에 편의점 아르바이트생은 자기는 절대 미성년자에게 술을 팔지 않고 어른이라 판 것이라고 설명을 구구절절 늘어놓았다. 그리고 처음엔 우리가 노숙자들인 줄 알았다는 말을 시작으로 아까 있었던 일을 술술 불었다. 쳇, 참 자세히도 봤다.

편의점을 나오며 아줌마는 미안하다고 했다. 나는 아줌마를 쏘아보고는 획 돌아 바삐 걸었다. 아줌마가 나를 불렀지만 무시했다. 재수 없는 오지라퍼랑 엮이면 일만 꼬일 뿐이다.

버스 정류장에 거의 다 왔는데 마지막 버스가 떠나고 있었다. 젠장, 내 인생은 왜 이렇게 버틸 수 없는 방식으로만 흐르는지 모르겠다.

18

낯선 보금자리

"파이트(fight)!"

심판이 경기 시작을 알렸다. 나는 가벼운 스텝으로 링을 가로질러 나갔다. 머리를 빡빡 밀어 버린 상대는 나를 맞을 준비로 제자리에서 뛰며 어깨를 흔들었다. 어서 들어오라는 신호다. 내가 두 스텝 앞으로 다가가자 상대는 기다렸다는 듯 발차기로 선공을 날렸다. 슬쩍 옆으로 피하는데 바닥에 떨어지는 상대의 본새가 좀 둔하고 무거웠다. 그렇다면 오늘은 싱겁게 이길지도 모르겠다.

상대가 뒤로 물러나는 사이, 다리를 들어 상대의 허벅지를 퍽! 동시에 주먹도 쭉 뻗었다. 상대는 내 공격을 읽었다는 듯 왼팔로 주먹을 막더니 그대로 오른팔을 뻗어 내 턱을 걸어 버렸다. 라이트 훅!

내 무릎은 꺾였고 다리가 풀려 바닥에 그대로 고꾸라졌다. 그

타이밍에 상대는 인정사정없이 펀치를 날렸다. 나는 두 다리로 상대의 허리를 감았지만, 연타로 날아온 주먹이 내 관자놀이에 명중하면서 머리를 바닥에 찧었다. 상대는 기회를 놓치지 않고 내 얼굴에 주먹질을 퍼부었다. 거세게 쏟아지는 연타.

심판이 맞아 죽기 직전인 내 위로 엎어지며 경기를 끝냈다. 나는 이대로 끝낼 수 없어 발을 구르며 악을 썼다. "아악!"

뭔가 이상하다. 꽉 쥐고 있던 주먹을 풀었다. 잔뜩 힘이 들어간 두 다리에서 힘을 뺐다. 숨을 크게 들이마시니 콧속으로 시큰한 바람이 들어왔다. 차다. 찬 공기. 그럼 여긴.

몸을 확 일으켰다. 차르르, 생각이 돌아가며 어젯밤 할머니 집까지 택시를 타고 온 기억이 났다. 택시비가 꽤 나왔고 집 비밀번호인 아빠 생일 여섯 자리를 틀리게 누르는 바람에 다시 한 번 더 누르고 들어왔다. 닫힌 문과 벽이 바깥의 찬 바람을 막아 주어 집 안엔 은은한 온기가 돌았다. 엄마가 그리웠던 곳에 돌아온 양 집 안을 쓰다듬으며 돌아다니는 사이 나는 창문을 열고 환기를 시키다가 바람이 너무 차 금방 문을 닫았다. 그리고 벽들을 훑어 보일러 스위치를 찾아냈고 온도를 올렸다. 이 집을 관리해 주는 아빠 선배 감초 삼촌이 엊그제 고장 난 보일러를 교체했다면서 보내 준 보일러 사진이 쓸모 있었다. 마침 아빠가 휴대폰을 식탁 위에 두고 나갔을 때라 나는 메시지로 온 보일러 사진을 얼른 찍었다. 감초 삼촌은 집이 비어 있더라도 보일러를 끄지 않고 '외출' 상태로 둔다는 설명까지 친절히 덧붙였다. 안 그랬다가는 보일러가 터진다고. 캄보디아에서는 집에 난방이라는 걸 한 번도 해 본 적이 없어 알아 두어야 했다. 동영상으로 사용법까지 익혔다. 생각지 못한 부분까지 준비되니 한국행이 마치 내 인생에 예정되었던 일처럼 느껴졌었다.

붙박이장에 들어 있던 이불을 꺼내 침대에 깔았다. 그대로 서서 조금 기다리니 엄마가 말없이 이불 속으로 들어가 잠들었다.

할머니는 이 년 전에 갑자기 돌아가셨다. 마당에 쓰러진 할머니를 이웃이 발견했고 심정지 상태로 119에 실려 갔다고 했다. 한창 휴가철이라 비행기 표를 구하기 어려워 아빠만 부랴부랴 한국에 와 장례를 치렀다. 할아버지는 아빠가 어릴 때 돌아가셨으니 나는 한 번도 본 적이 없다. 하지만 할머니는 삼사 년에 한 번씩 캄보디아에 와서 일주일씩 지내다 가곤 했다.

나는 가끔 만나는 할머니가 좋았다. 대여섯 살 때까지는 올 때마다 과자와 장난감을 가져오니 좋았다. 열 살 무렵부터는 내 이름을 불러 주고, 아빠의 어릴 적 모습을 이야기해 주고, 내 손을 잡고 걸어 주고, 많이 먹으라고 반찬을 내 앞으로 밀어 주고, 나와 눈이 마주치면 언제나 나를 보고 있다는 듯 웃어 주는 게 좋았다. 운동을 시작하고 점점 단단해지는 내 근육을 쓸면서 "다치면 안 된다." 말하는 그 다정함이 좋았다. 열한 살이 되고 열두 살이 되고, 열세 살, 열네 살이 될수록 더 좋아졌다.

할머니가 한국으로 돌아가는 날이면 마을 학교 담장 안쪽에 숨었다. 할머니가 나를 찾아다니며 "하람아, 하람아." 이렇게 부르는 소리를 오래오래 듣고 싶어서 그랬다. 학교 근처까지 온 할머니 목소리가 가까워지면 그렇게 나를 찾아 주는 게 좋아서 괜히 눈물이 났다.

그런 할머니가 돌아가셨다. 이 지구상에서 유일하게 나를 봐 주던 사람이 사라졌다. 내 심장 절반이 썰린 것처럼 아팠다. 너무 아파서 할 수 있는 게 아무것도 없어 아빠가 올 때까지 그대로 웅크리고 있었다. 그런데 그 아무것도 안 한 것 때문에 난리가 났다. 엄마가 밤중에 나갔다가 넘어졌고 골절상을 입은 것이다. 아침에서야 사람들에게 발견돼 병원으로 옮겨졌고, 한국에서 할머니 장례를 치르고 있는 아빠에게 연락이 갔다. 그때까지도 나는 엄마가 사라진 걸 몰랐다. 아빠는 어떻게 엄마가 나간 것을 모를 수 있냐고, 엄마 걱정도 안 되더냐고, 가족이 서로 의지하고 지켜 줘야 할 것 아니냐고 불같이 화를 냈다. 나는 죄책감에 울고 또 울다가 '서로 의지하고 지켜 줘야 한다'는 아빠의 성난 말이 내게는 적용되지 않았다는 걸 알았다. 그래서 그날 이후로 내 눈물은 말라 버렸다.

나는 엄마 발목과 내 발목을 묶었던 보자기를 풀었다. 할머니 장례를 마치고 돌아온 뒤부터 아빠가 잠들기 전에 매일 하던 일을 그대로 따라 한 것이다. 맨 처음 아빠와 엄마 발이 묶인 걸 보았을 땐 충격이었지만 이제는 아빠가 왜 그랬는지 안다. 아빠는 엄마를 사랑한다. 엄마가 혼자 깨어나 울지 않기를 바라고, 괴로움의 늪에 빠져 허우적거리지 않기를 바란다. 그래서 잘 때 자기 발에 묶어 두어야 마음이 놓이는 거다.

보자기를 풀어내자 엄마가 돌아누웠다. 잠에서 깬 것 같지는 않았다. 우리가 잔 방은 벽 한 면을 가득 채운 갈색 붙박이장과 침대 외엔 아무것도 없었다. 처음 온 이 집에서 한 번도 깨지 않고 잠을 잤다는 게 믿기지 않았다. 그것도 엄마 옆에서.

가만히 이불을 걷어 내고 나왔다. 길쭉한 거실 왼쪽으로 주방이, 오른쪽으로는 통유리창이 보였다. 낮은 거실 장 끝에 화장실이 있었는데 욕조는 없고 세면대와 변기만 있었다. 그걸 보니 어쩐지 요기가 느껴져 변기에 앉았다. 영역을 표시하는 강아지가 된 것 같아 픽 웃음이 났다.

주방엔 할머니가 쓰던 그릇이며 냄비, 가스레인지, 국자 같은 물건이 그대로 있었다. 지난가을, 캄보디아에 온 감초 삼촌과 아빠가 이 집을 어떻게 할지 상의하는 걸 들었다. 이곳은 감초 삼촌이 깨끗이 관리하고 있어 간혹 아는 사람들이나 교회 사람들이 며칠씩 쉬었다 가는 곳으로 이용한단다. 그래도 파는 게 낫지 않겠냐는 게 감초 삼촌의 의견이었다. 하지만 아빠는 한국으로 돌아오면 이 집에서 살겠다고 했다. 감초 삼촌은 한국으로 오는 게 쉽겠냐면서 굳게 닫힌 엄마 방을 바라봤다.

"무슨 수가 나겠지."

아빠의 한숨이 길게 늘어졌었다.

왜 그랬는지 모르지만 나는 그때 아빠가 말하는 '무슨 수'가 엄마의 죽음이라고 생각했다. 아빠의 뜨거운 한숨이 여기까지 이어져 오는 것 같아 고개를 흔들었다. 무심코 싱크대 문을 열었다. 작은 냄비들이 정리되어 있고 좀 커다란 통도 있었다. 그리고!

싱크대 문 안쪽에 붙은 칼집이 보였다. 심장이 덜컥 내려앉았다. 칼날은 칼집 안에 잘 들어가 있어서 손잡이만 보았을 뿐인데도 절벽에 선 듯 아찔했다. 눈앞이 캄캄해졌지만, 무엇이든 해야 했다. 냄비 옆에 있던 빨간 뚜껑의 밀폐 용기를 꺼냈다. 우당탕 소리가 났다. 정신없이 뚜껑을 열고 칼집에서 칼을 꺼내 통에 넣었다. 칼날이 부딪히며 쩽 소리가 나는데 손목에서 끔찍한 통증이 느껴지는 것만 같았다. 내 귀에 쟁쟁하게 울리는 구급차 사이렌, 구급대원의 긴박한 발소리와 호흡, 아빠의 울부짖음, 피로 물든 수건과 엄마의 늘어진 팔이 되살아나면서.

탁, 탁, 탁, 탁. 네 면의 뚜껑을 닫으니 방에서 엄마의 기척이 들렸다. 나는 얼른 싱크대 안에 통을 넣고 문을 닫았다.

엄마는 뭔가에 홀린 듯 나왔다. 자고 일어났으니 약 기운이 한 방울도 몸에 남아 있지 않을 것이다. 그 생각을 하니 퍼뜩 겁부터 났다. 엄마를 혼자 두어서는 안 된다는 생각이 들면서 머릿속이 복잡해졌다. 화장실에 다녀온 엄마는 두 팔로 구부정한 자기 몸을 감싸고 창밖을 내다보았다.

엄마의 어깨 너머로 할머니가 쓰러졌다는 마당이 보였다. 시멘트로 말끔하게 포장된 마당 끝자락에는 내 허리 정도 높이의 얕은 벽돌 담장이 있었다. 담장을 따라 길게 이어진 좁은 화단엔 널찍한 간격을 두고 나무 세 그루가 서 있었다. 한겨울인데도 둥글둥글한 초록 잎들이 인상적이었다.

담장 너머로 밭이, 더 멀리에 있는 산이 희미하게 보였다. 엄마는 지금 무얼 보고 무슨 생각을 하고 있을까. 저렇게 우두커니, 아니 멍하니 봐도 좋으니 나를 한 번만이라도 봐 줬으면 좋았을 텐데. 이런저런 생각에 머리가 멍청해지려 할 때 엄마가 몸을 천천히 돌렸다. 나는 깜짝 놀라 얼른 싱크대 쪽으로 돌아섰다. 어제 사 온 김밥의 포장지를 벗겨 접시에 담고 식탁에 놓았다. 방에서 엄마 약을 가지고 나오다 문득 냉장고에 먹을 게 있을지 모른다는 생각이 들었다.

냉동실에는 고기와 만두가 있었다. 며칠간 먹을 것 걱정은 하지 않아도 되겠다. 냉장실에는 김치와 쌀이 들어 있는 통이 보였고 장아찌 같은 밑반찬과 고추장 등도 있었다. 소주 두 병, 맥주 네 캔과 함께. 엄마를 혼자 이 집에 두어서는 안 될 이유가 또 하나 생겼다.

김밥을 먹고 있을 줄 알았는데 엄마는 다시 방에 들어가 침대에 모로 누웠다. 체육관 샌드백보다 작은 몸이 안쓰러워야 하는데 안 그랬다. 오히려 신경에 거슬리고 못마땅했다.

"나가야 돼."

생각보다 말이 퉁명스럽게 나왔다. 엄마는 들었는지 못 들었는지 미동도 안 했다.

"나가야 한다고."

일부러 문을 쾅 닫고 혼자 우적우적 김밥을 씹었다. 와작와작 단무지가 씹히는 소리를 들으며, 엄마를 이 집에 혼자 두고 갈 순 없는데 어떻게 해야 하나 걱정도 곱씹었다. 엄마가 계속 저렇게 꿈쩍도 하지 않는다면 일단 이 집에 있으면 큰일 날 것들을 다 숨기거나 들고 나가야 한다. 계획대로 혼자 왔으면 이런 복잡한 일이 없었을 텐데, 앞으로 어떻게 해야 할지 답답하고 막막했다. 내인생은 링에 오르기도 전부터 스텝이 제대로 꼬였다.

씻고 나오니 엄마가 식탁에 앉아 앙상하게 마른 손가락빗으로 머리를 쓸며 묶는 중이었다. 방 밖으로 나와서 다행이다 싶었지만 김밥은 그대로였다. 약도.

"약까지 다 먹어."

그 말을 툭 뱉고는 방으로 갔다. 창문을 열고 이불을 털었다. 습관이다. 할머니가 입던 두툼한 옷이 있을까 기대하고 붙박이장문을 열었지만 이불 넣는 칸 외 두 칸이 모두 텅 비어 있었다.

안방 건너편, 거실 끝 작은방에 있는 서랍도 모두 열어 보았지만 아무것도 없었다. 작은방 창문을 살짝 열어 보니 찬 바람이 휙 몰려들었다. 가져온 옷을 모조리 껴입고 나가야겠다.

엄마는 김밥에 약까지 다 먹고 느리게 설거지를 했다. 엄마도 이제 한국에 왔음을 실감하나 보다. 적당히 눈치껏 움직이는 걸 보면. 느린 걸음으로 화장실로 가 세수까지 하고 나오더니 어제 벗어 놓은 체크무늬 셔츠를 남색 셔츠 위에 덧입었다. 내게 어디 가느냐고 물을 법도 한데 묻지 않았다. 그래도 나는 행여나 엄마가 말을 걸까 봐, 정말로 그런 순간이 올까 봐 챙길 것도 없는데 바쁜 척 거실과 방을 오가며 엄마가 준비를 마치기를 기다렸다. 엄마가 허리를 숙여 신발을 신는데 얇은 옷 위로 등뼈가 산맥처럼 도드라졌다. 손으로 누르면 바스러질 것 같은, 모질게 앙상한 산맥이었다. 배낭이라도 메면 저 산맥이 보호되겠지. 배낭이 바람을 좀 막아 주겠지.

툭. 글러브와 운동화, 운동복이 든 배낭을 엄마 옆에 떨어뜨렸다. 엄마는 한 번 움찔했을 뿐 그대로 신발만 신고 현관문을 열었다. 참으로 성가신 엄마다. 나는 얼른 배낭을 들어 엄마 등에 밀었다. 그제야 엄마는 무슨 뜻인지 알아채고 등에 배낭을 멨다.

자물쇠가 없는 대문의 결쇠를 젖히고 나오니 바깥바람은 날이 선 듯 사나웠다. 공기 자체가 매섭다. 어깨부터 온몸이 추위에 어찌할 바를 모르고 바짝 얼어붙었다. 할머니 집은 지형상 다른 집들보다 높이 위치한 동네 끝에 있었다. 멀리 차들이 다니는 큰길이 보였다. 버스를 타려면 큰길로 나가야 해서 골목을 따라 걸었다. 실내 게이트볼장을 지나고 마을회관이라고 적힌 건물 앞을 지났다. 조금 걸었을 뿐인데 손은 말할 것도 없고 얇은 천으로 된 운동화를 뚫는 찬기에 발까지 꽁꽁 얼어 버렸다. 귀가 떨어져 나갈 것 같았다. 입김을 아무리 불어도 손이 녹지 않았다. 시린 손을 목에 갖다 대 보기도 하고 겨드랑이 사이에 끼기도 하면서 빨리 걸었다. 나를 따라오는 엄마 발소리도 빨라졌다.

다행히 콘크리트로 지어 놓은 버스 정류장에서는 바람을 피할 수 있었다. 그럼에도 엄마는 하필 창처럼 뚫어 놓은 구멍 앞에 서서 몸을 잔뜩 말고 덜덜 떨었다. 나는 날카로운 바람이 드나드는 그곳에 서 있으라고 해도 안 서 있을 텐데, 관심을 받고 싶은 것인지 대책이 없는 것인지 모르겠다. 내가 가까이 가자 엄마가 자리를 내주듯 코너 쪽으로 몸을 옮겼다.

"빨리도 나왔네. 누가 이렇게 일찌감치 나왔대?"

자주색 패딩을 입은 할머니가 버스 정류장으로 불쑥 들어섰다. 검은 모자에 검은 목도리로 꽁꽁 둘러 싸맨 할머니는 우리를 보더니 눈이 휘둥그레졌다. 동네에서 처음 보는 당신들은 누구냐고 눈으로 묻는 것 같았다. 나는 말없이 고개만 꾸벅했다. 할머니는 당장 누군지 대답부터 하라는 듯한 눈빛을 나에게 쏘다가 이내 구석에 있는 엄마를 향해 몸을 돌렸다. 위아래를 훑어보더니 메고 있던 꽃무늬 가방에서 휴대폰을 꺼냈다.

"당신이요. 거, 내 파란색 잠바하고 노란색 잠바 좀 버스 정류장으로 가져와요. 춥네."

할아버지가 뭐라고 대꾸하는 것인지 할머니는 긴말하지 말라고, 버스 오기 전에 빨리 가져오기나 하라고 툴툴대면서 전화를 끊었다.

"이 추운 날에⋯⋯. 쯧쯧."

할머니가 혀를 차더니 밥은 먹었느냐고 물었다. 간단히 "네." 대답하고 끝내려 했는데 어디서 왔느냐고, 누구냐고, 어디 사느냐고, 두꺼운 옷 없냐고 물었다. 이야기가 길어질 것 같았다. 나는 못 들은 척 정류장 밖으로 나왔다. 슬쩍 보니 할머니는 잔뜩 웅크린 채 팔짱을 끼고 발발 떨고 있는 엄마를 찬찬히 보고 있었다.

조금 있으니 어떤 할아버지가 투덜대면서 겨드랑이에 옷을 낀 채 걸어왔다. 먼저 나를 보고는 낯선 방문객이 오랜만인지 대뜸 신기한 표정이 되었다. 그래도 할머니처럼 대놓고 여러 말 캐묻지는 않았다. 할머니는 할아버지에게서 옷을 받아 엄마에게 노란색 점퍼를 내밀었다. 엄마는 받을 생각을 안 했다.

"아, 얼어 죽기 싫으면 입어요. 다시 여기 오거들랑 그때 갖다 줘. 나 맨날 이 시간에 병원 다니니께."

할머니는 엄마가 끼고 있던 팔짱을 억지로 풀었다. 팔짱이 풀린 엄마는 할머니가 배낭을 벗기자 순순히 따랐다. 팔을 끼고 지퍼를 올리도록 그대로 몸을 맡겼다. 나도 꾸벅 인사하고 점퍼를 받아 입었다. 너무 추워서 사양할 수가 없었다.

"이 동네 안 살지? 어디 살아?"

할머니는 동정을 베풀고 원하는 정보를 얻어 내려 했다.

"마을회관 위에요."

"마을회관 위? 거기는 오 권사네 아녀? 친척이신가?"

할아버지가 툭 끼어들었다.

"뭔 소리야. 오 권사 죽은 지가 언젠데."

할머니가 할아버지를 나무라듯 눈을 흘기다 뭔가 생각난 듯 말했다.

"아아, 그 집에 온 손님인 갑네. 거기 간혹 사람들이 며칠씩 머물다 가더라고. 그 오 권사 아들 친구인가 선배인가 하는 사람이 다니면서 관리하잖아. 엊그저께도 하얀 차하고 검은 차하고 여러 사람 왔었어."

"우리 동네가 조용하니 쉬기는 좋지."

"오 권사가 살아 있을 때도 사람이 끊이지 않더니 죽은 뒤에도 그 집에는 사람이 많이 놀러 오네."

"살았을 때 사람이 오죽이 좋았는가? 세상에 그런 사람 없었제."

할아버지와 할머니는 죽이 잘 맞았다.

"그려, 오 권사는 천국 갔을 거여."

돌아가신 할머니 이야기가 틈틈이 새어 나왔다.

"그나저나 왜 그 아들은 한 번도 오도 가도 않네."

"어디 더운 나라 가서 목사 한다고 안 했는가?"

"목사 아니고 선교사라 했어. 우리 홍주랑 친구잖아. 이름이 뭐였더라. 이름도 까먹었네. 참 착실하니 엄마 말도 잘 듣고 교회를 그리 열심히 다니더니 서울 어디 큰 교회 부목사 됐다고 오 권사가 교회 헌금도 하고 그랬잖아."

"근데 장례식에서 볼 때는 마음이 편치 않아 보이드만. 얼굴에 상심이 가득하니."

"아구야, 무슨 소리래. 그럼 장례식에서 웃어? 더구나 가족이라고는 덜렁 엄마하고 자기뿐인데 그렇게 급작스럽게 죽었으니. 참, 그 손주……죽……. 아, 저기 버스 오네. 들어가. 세탁기 다 돌아가면 옷 널어놓고."

무언가 말하려던 할머니는 버스가 오는 것을 보고 하던 말을 멈추고 할아버지에게 손짓했다. 버스가 정류장에 도착하자 할아버지는 뒤로 물러났다.

할머니가 "하이고야." 하며 무릎을 짚고 버스에 올랐다. 엄마가 오르고 내가 뒤따라 탔다. 버스비가 얼마인지 기사에게 묻고 두 명 몫을 통에 넣었다. 쩽그랑 동전 떨어지는 소리를 들으며 오늘 꼭 알바를 구해야 한다고 마음먹었다. 할머니는 벌써 아는 사람을 만나 인사하느라 바빴다. 엄마는 운전석 바로 뒷자리에 앉으려고 다리를 걸치고 있었다. 나는 한 칸 뒤에 섰다.

"학생, 여기 자리 있어. 이리 와."

원래 친절한 것인지 내가 짠해 보여서인지 할머니가 나를 챙겼다. 나는 못 들은 척하려다 할머니 목소리가 더 커지기에 뒤로 돌아 괜찮다는 몸짓을 했다. 할머니는 "저 엄마가 어디 아픈가 봐."라며 주위 사람들에게 속삭였다. 젊은데 안됐다고, 학생이 고생이 많다고, 멀쩡해 보이는데 어디가 아프냐고 웅성거리는 소리와 오 권사, 아들, 교회, 119 같은 말들이 버스 안을 채웠다.

버스가 다음 정류장에 이르자 할아버지 두 분이 탔다. 그러자 비로소 우리에게 쏟아졌던 관심의 라운드가 끝났다. 다행이었다.

새로운 라운드

무하가 알려 준 대로 대형 마트 다음 버스 정류장에서 내렸다. 무하는 내가 한국에 오려고 처음 계획했던 일 년 전 SNS에서 알게 된 애다. 익산, 17세, 격투기, 훈련, 체육관. 몇 개의 키워드로 검색하니 무하밖에 안 떴다. 바로 메시지를 보냈다.

내 꿈도 격투기 선수.

무하는 사진 한 장 안 올리고 질문만 해 대는 내게 친절했고 솔직했다. 반면 나는 여자라는 것만 밝히고 내 정보는 모두 거짓으로 꾸며 냈다. 한국 오기 며칠 전, 무하에게 내가 훈련하는 영상 하나를 보내며 익산으로 이사 가는데 공짜로 다닐 체육관이 필요하다고 했다. 무하는 기꺼이 자기 관장에게 소개해 주겠다며 반졌다. 화끈한 건지 단순한 건지 모르겠지만 이것저것 캐물으며 치근덕거리지 않아서 좋았다. 무하는 익산이 처음인 날 위해 이사 오는 동네가 어딘지 묻고 몇 번 버스를 타야 체육관에 가는지, 어디서 내려야 하는지 자세하게 알려 줬다.

체육관이 위치한 곳은 생각보다 빌딩 숲이 아니라 다행이었고 사람들이 북적대는 복잡한 곳도 아니라 안심이었다. 상가들이 줄지어 있는 단정하고 깔끔하면서 소박한 도시. 캄보디아에서 틈날 때마다 인터넷으로 거리 모습을 찾아본 곳이라 낯설지만은 않았다. 하지만 빠르게 지나가는 차들 소리는 이곳 생활이 만만찮을 거라는 경고처럼 들렸다.

정류장에서 건너편을 보니 4층짜리 회색 건물이 있었다. 바로 저곳 4층이 오늘 무하랑 만나기로 한 체육관이다. 다이어트, 킥복싱, 종합 격투기. 검게 선팅된 유리창에 큼지막하게 박힌 빨간 글씨가 눈에 확 띄었다. 한달음에 뛰어 올라가고 싶지만 6차선 도로가 가로막고 있다. 젠장. 그럼 그렇지. 나를 열받게 만드는 하늘의 장애물에 오늘도 걸렸다. 절묘한 순간에 내 진로를 턱 가로막는 것. 한국에 올 때도 기가 막히게 딱 들어맞았다. 그것도 거부할 수 없는 한 사람으로.

엄마는 자기와는 아무 상관도 없는 옷 수선집을 우두커니 보고 있었다. 가게 안을 들여다보는 것인지, 유리에 비친 자신을 보는 것인지 모르지만 내게서 등을 돌리고 있는 건 확실했다. 나는 엄마가 멘 배낭을 툭 치며 앞서 걸었다. 내 귀가 차 소음들 사이에서 엄마 걸음 소리를 솎아 냈다. 속 터지게 느리다. 엄마는 뛰어 본 적이 있을까. 숨이 막히게 급해 본 적 있나, 그나저나 저런 엄마를 어떻게 하고 알바를 알아볼까, 내가 일하는 동안 엄마는 어디에 있어야 하나. 혼자서는 밥도 제대로 챙기지 않고 늘 넋이 빠져 있는 엄마를 혼자 두는 건 죽으라고 하는 것이나 마찬가지인데. 어떡하지 엄마를. 누군가 내 손바닥의 그물 같은 잔손금을 보고 생각이 많다고 했는데 나는 원래 그런 사람이 아니다. 이런 개떡 같은 상황이 나를 생각하게끔 만드는 거다. 그나마 생각이라도 하지 않으면 숨을 쉴 수가 없기에, 답답한 상황에 질려 질식하지 않으려고 생각이란 걸 한다. 숨구멍을 찾아.

체육관 입구는 코너에 지어진 건물 뒤편에 있었다. 심호흡을 크게 한 번 하고 두세 번 제자리에서 뛰며 펀치를 날리듯 주먹을 뻗어 봤다.

관장님이 너 하는 거 봐서 결정한대.

내 훈련 영상에 대한 무하의 답변이다. 잘하면 운동을 공짜로 할 수 있다는 말에 기대를 품었다. 솔직히 무하 영상을 보고 자신감이 생기기도 했다. 자신이 이 체육관의 기대주, 유망주라고 소개했지만 내가 보기에 자세는 엉성하고 기술은 어설프고 하찮았다. 펀치력이나 킥도 별로였다. 나름대로 캄보디아에서 유도를 시작으로 킥복싱까지 섭렵한 나와는 상대도 안 되는 공격력이었다. 그렇지만 무하가 늘어놓는 관장의 프로필은 마음에 들었다. 아시아 선수권 대회 금메달을 획득한 무에타이 챔피언, 킥복싱 국가대표에 우슈 산타까지 섭렵했다는 관장은 나를 키워 줄 사람으로 딱이다.

서둘러 계단을 올라가려다 멈칫했다. 엄마에게 여기서 기다리라고 하기에는 시간이 얼마나 걸릴지 몰랐다. 무하에게 엄마 소식을 모른다고 했던 내 거짓말이 들통나는 것도 문제였다. 입구에서 이러지도 저러지도 못하고 있는데 긴 머리를 찰랑거리는 여자애가 오더니 양손에 검은 비닐봉지를 들고 지나쳐 갔다. 춥지도 않은지 주름이 잡힌 검은색 치마에 베이지색 짧은 코트를 입고 있었다. 타, 타, 타, 계단을 오르는 소리가 경쾌하게 들렸다. 나도 저렇게 신나게 올라가고 싶다고 생각하며 힐끔 계단을 보는 찰나, 그 애가 다시 뛰어 내려왔다. 다짜고짜 검지를 세우더니 눈을 부릅뜨고 물었다.

"너야?"

이런 맹랑함은 언제나 반갑지 않다. '너 뭔데?'라고 톡 쏘아 주려는데 그 애가 툭 치고 들어왔다.

"네가 무하 만나러 온 애냐고. 그 하, 하……."

내가 모르는 애가 나를 알고 있었다. 그 애는 고개를 돌리고

"아이씨, 이름도 어려워."라고 혼잣말했다. 그러고는 한 발 뒤로 물러나 나를 위아래로 훑어봤다. 고개를 몇 번 끄덕끄덕하더니 입술을 일그러뜨렸다.

"맞아, 하람. 맞지?"

내가 굳이 인증해 주지 않아도 될 질문이었다. 그때 4층 체육관 창문이 열리며 누군가 소리쳤다.

"야, 유원지!"

여자애가 알은체하며 양손에 든 비닐봉지를 흔들었다. 고개를 내민 애는 무하였다. 나와 눈이 마주치자 큰 눈이 더 휘둥그레지며 곧장 창문이 닫혔다. 원지라는 애는 몸을 휙 돌려 내게 빠르게 말했다.

"경고하는데 무하는 내 거다. 남친이자 내 선수 겸 동지 나아가 미래 허즈번드. 그러니까 같이 운동하는 거 이상은 안 돼. 체육관 밖에서 만나도 안 돼. 개인적 연락도 이제 그만. 노, 노, 노. 알았지?"

그 사이 다다다다, 무하가 내려왔다.

"왔구나. 진짜 왔네. 나, 무하야."

무하는 어제부터 연락이 안 돼 걱정했다면서 쉽게 잘 찾았냐, 이사는 잘했냐, 진짜로 만나다니 너무 반갑다며 무척 살갑게 굴었다. 누가 보면 전학 갔다 다시 돌아온 친구를 만난 것처럼 보였을 것이다. 무하는 사진 그대로 구릿빛 얼굴에 곱슬머리, 훤칠한 인상이었다. 아빠가 파키스탄 사람이고 엄마는 한국 사람이라고 했다. 자기는 아빠 유전자를 많이 물려받아 외모가 이국적으로 보이지만 한국에서 나고 자랐댔다.

"어서 올라가자."

무하가 손을 잡아끌었다. 기분이 이상했다. 이 세상에 이렇게 나를 기다리는 사람, 반겨 주는 사람이 있다니.

"어허, 손은 놓고 가지."

원지가 무하 팔과 내 팔을 잡고 갈랐다.

"너, 동의 없이 손잡으면 성추행이다."

무하가 얼른 손을 거뒀다.

"아, 미안. 반가워서."

"반가운데 손은 왜 잡아. 내가 너의 이런 과도한 친절 때문에 마음을 놓을 수가 없어. 아니다. 나도 반가운데 손잡자."

원지가 손을 덥석 잡으려 하자 무하가 손을 확 들어 올렸다. 몸 놀림이 날랬다. 무하는 마치 춤 신청을 하듯 손을 우아하게 내리면서 나를 향해 허리를 숙였다. 정중하게 모시겠다며 어서 올라가자는 말이 웃기고 재미있어서 나는 망설임 없이 무하를 뒤따랐다.

계단 중간쯤 올라갔을 때, '엄마!'가 생각났다. 본격적인 라운드가 시작되기 전에 내가 한 거짓말이 들통나고 그 바람에 계획까지 무너지면 안 될 일이지만 그렇다고 엄마를 혼자 둘 수도 없었다. 내 눈은 또 엄마를 찾아 뒤로 돌아갔다. 내 속을 모르는 엄마는 같이 올라가자는 원지의 말에 막 계단으로 발을 내딛고 있었다.

체육관에 들어서자마자 개인 사물함과 탈의실이 보였다. 무하는 복도를 따라 사무실로 들어갔다. 관장으로 보이는 사람은 통화 중이었다. 우리를 보고는 한쪽 팔을 들어 크게 원을 그렸다. 무하더러 나에게 체육관을 소개해 주라는 뜻 같았다.

사무실 맞은편엔 근력 운동을 할 수 있는 기구들이 나란히 줄 맞춰 우직하게 서 있었다. 흑백의 네모가 교차하며 깔린 바닥의 고무 매트가 질서를 갖춘 곳으로 보이게 했다. 어떤 아저씨가 기구에 앉아 다리 운동을 하고 있었다. 이곳을 공짜로 다닐 수만 있다면 더 바랄 게 없겠다.

헬스 기구들을 지나쳐 안으로 들어가자 더 넓고 환한 공간이 나왔다. 바닥 전체에 충격 흡수를 위한 회색 매트가 쫙 깔려 있었는데 가운데만 노란 테두리 안에 검은색 사각 매트가 자리해 있었다. 한눈에 보기에도 경기를 치르는 링 역할을 하는 곳이었다. 벽 쪽으로는 950밀리미터짜리 노란색 샌드백 여덟 개와 800밀리미터짜리 파란색 샌드백 다섯 개가 일정한 간격을 두고 늘어져 있다. 벽을 따라 펀칭 볼을 비롯한 복싱 훈련 장비들이 줄줄이 있고 유리창 아래로는 보호 매트가 벽을 감싸고 있었다. 이런 체육관이라면 분명 관장은 선수를 아낄 거다.

"이 친구야?"

통화를 끝낸 관장이 우리 쪽으로 왔다. 딱 170센티미터 정도 되어 보이는 키에 운동으로 단련된 근육이 돋보였다. 눈매도 예사롭지 않았다. 무하가 "얘가 하람이에요."라고 소개할 때 나는 허리를 푹 숙여 인사했다. 무조건 잘 보여야 했다. 관장이 웃으면서 두툼한 손을 내밀었다.

"반갑다. 영상 봤다. 열심히 하던데."

관장은 운동하는 것 좀 보자고 했다.

아, 배낭. 내가 배낭을, 그러니까 배낭을 멘 엄마를 찾아 두리번거리자 관장이 눈치채고 사무실 쪽을 가리켰다. 사무실로 걸어가는데 관장이나 애들이 엄마를 어떻게 볼지 염려되었다. 어디까지 어떻게 소개할지 생각이 꼬였다. 잃어버렸던 엄마를 찾았다고 해야 하나, 집 나갔던 엄마가 돌아왔다고 해야 하나. 무하의 표정을 살폈지만 별로 궁금해하지 않는 눈치였다. 엄마에 관한 이야기를 잊은 걸까.

엄마는 의자 끝에 걸터앉아 두 손으로 종이컵을 들고 있었다. 똑같은 종이컵을 손에 쥔 원지가 묻지도 않은 말을 했다.

"유자차. 추울 땐 새콤달콤 유자차가 최고!"

나는 말없이 엄마 어깨에서 배낭을 벗겨 들고 탈의실로 뛰었다. 민소매 티셔츠에 반바지로 옷을 갈아입고 나와 보호대를 차고 손에 핸드랩을 감았다. 관장이 내 동작 하나하나를 유심히 봤다. 준비가 다 끝나자 먼저 샌드백을 치라고 했다.

나는 뛰면서 바운스에 맞춰 어깨를 몇 번 돌리고 샌드백과 거리를 만들었다. 뒷발을 밀며 앞발로 들어가 중심을 잡고 45도에서 원투 펀치. 왼쪽으로 빠지며 양훅, 스트레이트. 샌드백을 돌면서 주먹의 각을 살려 훅을 날렸다.

"스텝이 가볍고 좋네. 안정적이야."

관장은 또 펀칭 볼을 때리고 레킹 볼을 차 보라고 했다. 캄보디아에서 처음 내게 복싱을 가르쳐 준 코치가 가장 중요하게 생각하는 게 기본기라 매일 연습했던 거다. 열 살 때부터 엊그제까지. 본격적인 기술은 안 알려 주고 매일 기본기 강화 운동만 시켜서 불만이 많았는데 이렇게 써먹을 줄 몰랐다.

관장은 내게 글러브를 건네더니 자기도 글러브를 꼈다. 이제 스파링이다. 내 실력을 제대로 보여 주고 싶었다. 그동안 연습한 것을 모조리 쏟아부을 생각이다. 빨리 인정받을 수만 있다면.

관장과 나는 바닥의 검은 링 안으로 들어갔다.

"파이트!"

무하가 시작을 알렸다. 나는 관장의 눈을 보며 먼저 킥을 찼다. 관장은 내 킥과 주먹, 태클을 다 받아 주었다. 공격이 잘 먹히니 신이 났다. 신이 난 김에 뒤에 있는 상대를 발로 차는 백 킥을 시도했다. 관장이 "나이스!"를 외쳤다. 그렇게 4분이 흘렀다. 거친 숨을 몰아쉬며 관장의 말을 기다렸다.

"좋아, 아주 좋아."

됐다 싶었다. 그동안 잊고 살았던 웃음이 배시시 나왔다.

"그런데 섣부르고 압권이 없어. 악만 살았어."

무슨 소린지 알아들을 수 없었다. 관장은 글러브를 벗으며 나를 찬찬히 봤다.

"몸에 힘이 잔뜩 들어가 있다는 말이야. 욕심을 앞세우니까 그래. 힘 빼는 것부터 해야겠다. 부족한 기술도 좀 보강하고."

당장 아마추어 대회에 나가 보자고 말할 줄 알았는데 실망이었다. 공짜로 운동할 기회도 날아간 거다. 아니다. 이대로 날려 버릴 순 없다. 글러브를 벗는 관장의 팔을 붙잡았다.

"열심히 할게요."

아니, 돈이 없다고 할 걸 그랬나. 이 한 몸 키워 달라고 할 걸 그랬나. 무조건 할 거라고 소리칠까. 무릎이라도 꿇고 매달려 볼까. 관장을 붙잡고 있는 사이 오만 가지 말이 떠올랐다. 매달리듯 팔을 잡고 있는 내게 관장이 물었다.

"왜 험한 격투기 선수를 하려고 해?"

그 대답은 길다. 다른 사람이 들으면 말도 안 되는 이유다. 그래서 말 못 한다. 누구에게나 말 못 할 사정이 있다는 거. 내 나이 아홉 살에 알아 버렸다. 내가 우물쭈물 대답이 없자 관장은 글러브 낀 내 손을 밀어내며 접수하라고 했다. 나는 접수나 등록을 바란 게 아니다. 돈이 있으면 진작에 접수했겠지.

"등록비 대신 일할게요."

관장은 무슨 엉뚱한 소리냐는 듯 쳐다봤다. 고맙게도 무하가 관장을 저만치 끌고 갔다. 내가 무하에게 한 거짓말이 관장에게도 먹히길 바랐다. 경기도 어느 구석에 살다가 이번에 아무 연고도 없는 익산으로 와서 돈이 없다고. 깡으로 버티고 있다고. SNS에서는 어떤 거짓말을 해도 먹혔다. 그래서 한국에 혼자 올 작정이었는데…….

잊고 있던 엄마가 원지와 함께 이쪽으로 오고 있었다. 엄마는 운동 기구가 장갑차라도 되는 양 비켜서며 푹신한 매트가 꺼지기라도 할 듯 조심조심 발걸음을 옮겼다. 잔뜩 긴장한 모습이었다. 낭패다.

"어머니…… 어디 편찮으셔?"

딱 봐도 기운 없고 약해 보이는 엄마의 모습에 관장이 물었다.

"네. 약 드셔요. 우울증."

관장은 생각보다 시원스러웠다. 아니면 구차하거나 복잡한 걸 싫어하는지도 모른다. 그럼 알았다는 한마디 말로 모든 상황을 끝내 버렸으니까. 등록 카드를 쓰는데 주소만 겨우 적었다. 학교도 안 다니고 엄마도 나도 휴대폰이 없다는 말에 관장은 깊은 한숨을 내쉬었다. 어른 회원과 중학생으로 보이는 남자아이 두 명이 들어오자 관장은 "한두 달 지켜볼게. 열심히 해."라는 말로 상황을 정리했다. 그러고는 허리를 꾸벅 숙이는 내 어깨를 토닥여 주었다. 내가 기대했던 토닥임은 아니었다.

체육관을 나오며 무하는 걸려 오는 전화를 받았다.

"아빠!"

무하 입에서 나온 아빠라는 단어에 내 심장이 쿵 떨어졌다. 아빠는 지금쯤 엄마와 나를 찾아 헤맬까. 종이에 '우리 끄롱 꺼꽁(캄보디아 지명)에 가요. 찾지 마세요.'라고 거짓말로 쓰고, 초기화한 내 휴대폰으로 눌러 두고 나왔다. 연락하지 말라는 뜻이었는데 분명히 그곳 선교사에게 전화해 우리를 찾았겠지. 우리가 그곳에 없다고 해도 한국으로 왔으리라고는 생각지도 못할 것이다. 엄마는 사람들에게 상처를 많이 받아 한국을 싫어한다고, 그러니까 엄마를 생각해서 한국에 가고 싶다는 말도 꺼내지 말라고 내게 신신당부하곤 했으니까.

무하 통화에 귀를 기울이고 싶은데 원지가 또 끼어들었다. 무하 아빠는 며칠 전 아픈 할아버지를 만나러 파키스탄에 갔단다. 무하도 같이 가려고 했는데 시합이 잡혀서 못 갔다는 것이다. 대신 메달을 따서 할아버지에게 선물하겠다고 약속했다며 "멋지지 않냐?"라고 호들갑을 떨었다.

전화를 끊는 무하를 보며 나는 어렵게 말을 꺼냈다.

"혹시 일할 곳 있을까?"

무하 대답을 원했는데 원지가 나서서 학교는 안 다닐 거냐, 자퇴했냐, 퇴학당했냐 물었다. 전학하려면 무하네 학교는 안 된다며 자기네 학교로 오라고 별 관심도 없는 얘기를 쏟아 놓았다. 볼수록 태평하고 수다스러운 아이였다.

"알바?"

무하는 되묻고는 엄마와 나를 번갈아 봤다. 이내 상황을 알겠다는 표정으로 "잠깐만." 하더니 거침없이 휴대폰을 눌렀다. 시시콜콜 묻지 않아 다행이었다.

그사이 원지가 "얘네 아빠가 배달 라이더야."라면서 오토바이 타는 시늉을 했다. 자기 엄마가 하는 김밥집 주문은 무조건 무하 아빠가 도맡아 한다며 사족을 붙이더니 "이 동네 탑!" 하고 엄지를 세웠다. 아빠가 파키스탄에 가 있는 동안 무하가 대타로 뛴단다.

"사장님, 저 무하예요. 혹시 아르바이트 구했어요?"

무하는 뭐든 적극적이었다. 오늘 처음 보는 내 부탁에 거침없이 응답해 주는 무하가 낯설었다. 날 뭘 믿고 저렇게 나서는 건가. 이제껏 내 부탁은 누구에게도 흔쾌히 응답받은 적이 없다. 아예 외면하거나 못 본 척했으면 했지. 날 사랑한다고 성경에 써 놓았다는 하나님조차도 아직 내 기도에 묵묵부답이다. 오래전부터 시작된 내 기도인데.

"사장님이 배달 하나 해 주고 얘기하래."

무하는 자기 일을 구한 것처럼 활짝 웃었다. 나도 모르게 손깍지를 끼고 흔들었다. '하나님, 감사합니다.'가 절로 나왔지만 꿀꺽 삼켰다. 이 감사가 하나님에게 가면 안 된다. 이건 하나님이 하신 일이 아니라 무하가 도와주는 일이다. 그러니까 지금 내 감사는 무하 거다.

원지가 일단 자기네 가게로 가자고 했다. 버스로 세 정류장, 걸어서 삼십 분 걸린다는 정확한 거리감을 제시하며 무하랑 매일 걸어 다닌다고 은근슬쩍 나를 견제하는 것도 잊지 않았다. 돈도 아낄 겸 걸어가면 좋겠는데 원지는 택시를 잡았다. 우리 넷의 버스비를 합하면 택시비랑 비슷하다는 거다. 계산이 빠른 애였다. 택시비도 자기가 쏘겠단다.

"대신 김밥은 우리 집 것만 먹기다. 내 용돈이 김밥에서 나오니까."

택시 안에서 원지는 손을 꼽아 대며 김밥의 종류를 말했다. 김밥의 종류가 그렇게 많다니. 원지네 김밥집은 맛집으로 소문나 주문이 끊임없이 들어오고 단체 납품도 나간다고 했다. 김밥과 어묵이 주메뉴이고 떡볶이와 튀김은 하루에 정해진 양만 판단다.

"우리 엄마가 무쇠 팔 무쇠 주먹은 아니니까."

그 말에 무하가 옆에서 "그 정도면 무쇠 팔 무쇠 주먹일걸." 하고 거들었다. 엄마를 상대로 저렇게 농담을 주고받다니. 놀라웠다. 아니, 부러웠다. 나는 또 앞자리에 앉은 엄마에게로 눈을 돌렸다. 내 눈은 늘 이렇게 엄마를 찾는다. 언제 어디서나 시도 때도 없이. 아마도 태어나면서부터 그랬을 거다. 어쩌면 엄마 뱃속에 있을 때부터 그랬는지 모른다. 늘 내 눈은 엄마를 찾아 더듬거렸고 내 코는 엄마 냄새를 찾아 쿵쿵거렸으며 내 귀는 엄마 소리를 건져 내려고 헤맸다. 나를 찾지도 봐 주지도 챙기지도 않는 엄마를 향해서. 그런데도 엄마는 나를 쳐다보지 않는다. 나와 눈을 마주치지 않는다. 지쳤다. 이제는 그만둘 거다. 이제는 그러고 싶다.

김밥집 '담뿍'은 대단지 아파트 상가에 있었다. 크지는 않지만 하얀 실내가 아주 깔끔하고 세련된 카페 느낌이었다. 테이블은 진한 갈색 원목을 사용해 고급스러움까지 더했다. 원지 엄마는 포스기 화면을 찍으며 눈으로 반겨 주었다. 흰색 두건과 앞치마를 두르고 환하게 웃는 모습이 원지와 매우 닮아 있었다. 무하는 꾸벅 인사하더니 배달 간다며 나갔다.

"얘는 하람이. 새로 이사 왔대. 무하랑 같은 체육관 다녀. 그리고 이분은 하람이 엄마."

원지 말에 원지 엄마는 빠르게 고개를 끄덕였다. 바빠 보였다. 우리는 제일 구석으로 가서 앉았다. 원지가 떡볶이를 접시에 담아 왔다. 나는 포크를 엄마 앞으로 밀었다. 엄마는 나를 보지도 않고 고개를 저었다. 안 먹겠다는 뜻이다. 그냥 가만히나 있지. 나는 원지가 하듯 명랑하게 엄마에게 말을 걸지도 못하는데. 잘 알지도 못하는 애 앞에서 엄마와 어색한 사이가 티 날 수밖에 없는 난처한 상황을 만드는 엄마가 미웠다.

엄마가 한참을 그대로 있자 원지가 나섰다.

"우리 집 떡볶이 맛있어요. 드셔 보세요."

엄마 손에 포크를 들려 주기까지 했다. 엄마는 포크를 내려놓고 물을 벌컥벌컥 마셨다. 목이 타는 건 나인데. 나는 캄보디아 말이 툭 튀어나오거나 한국 실정에 대해 아무것도 몰라 멍청하게 실수할까 봐 온 신경을 바짝 곤두세우고 있었다. 엄마도 나만큼이나 긴장하고 있는 건가. 낯선 상황이니까.

엄마는 떡볶이 떡 하나씩을 오물거리며 느리게 느리게 씹어 먹었다. 마지막 떡 하나를 남겨 두었을 때 무하가 왔다. 두툼한 검은 패딩과 검은 솜바지, 검은 부츠로 칼바람을 완벽하게 차단한 모습이다. 가슴과 등판, 바지 옆면에 쭉 그어진 반사 띠가 작전에 투입된 요원처럼 멋져 보였다. 검은 헬멧을 벗으며 원지 엄마에게 "다녀왔습니다."라고 큰 소리로 인사했다. 원지 엄마는 웃으며 조심조심 다니라고 당부했다. 무하는 천천히 다니고 있으니 걱정하지 말라며 우리가 앉은 테이블로 왔다.

"사장님이 너 보재. 근데 좀 멀어."

그곳은 원지도 아는 카페였다. 시내 중심가에 있는데 샌드위치 맛있기로 유명한 곳이란다. 나는 오늘부터 일할 수 있냐고 물었다. 무하는 일단 같이 가 보자고 했다. 콜까지 미루면서. 미안했지만 지금 남의 사정을 봐줄 때가 아니었다. 내가 가방을 메자 엄마가 따라 일어섰다. 눈치는 빠른 원지가 엄마를 잡았다.

"엄마, 엄마는 나랑 여기서 기다려요."

아이씨, 얘 뭐냐. 자기 엄마도 아니면서 '엄마' 소리를 저렇게 쉽게 하는 애, 만난 지 몇 시간이나 되었다고 내 사정을 훤히 꿰뚫는 애, 말 몇 마디 나누지도 않았는데 엄마와 나의 관계를 눈치챈 애. 정말 별로다. 나는 쌩 돌아 무하를 따라나섰다.

샌드위치 가게의 젊은 사장은 주스 만드는 법과 샌드위치 만드는 법을 알려 주더니 하나씩 만들어 보라고 했다. 평소 눈썰미가 좋고 손재주가 있다는 말을 듣는 나에게는 생각보다 쉬웠다. 사장은 내가 곧잘 따라 하자 만족스러워했다.

"나이는 어린데 일 센스가 있네."

사장은 홀에서 일을 해 봤느냐고 물었다. 나는 햄버거 가게에서 일해 봤다고 둘러댔다. 반칙을 써서라도 링에 올라야 했으니까. 살아야 하니 상대를 가릴 처지도 아니었다. 사장이 내 말을 곧이곧대로 믿는 눈치는 아니었지만 내일부터 출근하라고 했다. 됐다.

방심은 금물

나이 열일곱, 이제까지 내가 터득한 진리 중 하나는 방심하면 일이 터진다는 것이다. 한 번 터질 때마다 숨을 쉬는 게 지긋지긋 해진다.

아침 6시 기상, 운동하고 아침 먹고 알바 출근, 3시까지 일, 체육관까지 뛰어가기, 8시까지 운동, 버스 타고 9시쯤 집 도착, 스트레칭 후 일기 쓰고 11시 취침.

어제 집에 돌아오며 짠 계획표다. 운동과 일. 단순하고 단조롭지만 격투기 선수를 꿈꾸는 나의 하루 루틴으로 완벽했다. 오가는 길에 러닝으로 지구력과 근력을 키우겠다는 의지까지 불태웠다. 그러나 불과 여섯 시간 뒤, 이것은 현실을 완전히 무시한 나의

로망이었음이 입증되었다.

새벽 3시가 조금 넘은 밤이었다. 설렜는지, 긴장했는지, 걱정되었는지 쉽게 잠들지 못해 끙끙대다 2시쯤이 되어서야 겨우 잠들었는데 "픽!" 뭔가 터지는 소리에 잠이 깼다. 할머니 집에 완벽히 적응하지 못한 나는 여기가 어딘가, 내가 왜 여기 있는가, 지금 난소리는 무슨 소리인가, 잠결에 몸을 흔들며 머리를 긁었다. 빡빡하게 땋은 머리가 잡히자 정신이 바짝 들었다. 캄보디아와 작별하며 땋은 머리. 다시 픽!

후다닥 방문을 열었는데, 이미 늦었다. 넘어진 엄마 주위로 찌부러진 맥주 캔과 빈 소주병이 뒹굴고 있었다. 얼른 소주병부터 치웠다. 이런 아수라장에서 엄마 다칠까 봐 유리병부터 치우는 내가, 술에 취한 엄마나 건사해야 하는 내 꼬라지가 정말 시시했다. 하나님 보기에는 갸륵할까. 그래서 아빠 말대로 내게 이런 시련을 주는 건가. 지겹다.

"우욱."

엄마는 빈속을 토했다. 화장실로 끌고 가자 뭘 게워 내려는 것인지 변기를 움켜쥐고 우욱, 우욱거렸다.

나는 거실로 나와 엄마의 토사물을 닦아 내고 술 만든 인간의 머리통을 박살 내듯 빈 캔을 정리했다. 이기지도 못하는 술을 왜 먹는지 모른다. 술을 보자마자 다 쏟아 버렸어야 하는데 내 잘못이다. 칼보다 술이 더 지긋지긋한데 무섭지는 않았나 보다.

엄마를 끌고 나와 옷을 갈아입혔다. 캄보디아에서 가져온 약을 먹이고 누였다. 불을 끄고 한참을 가만히 있었더니 엄마의 지친 숨소리가 깊어졌다. 벌써 어슴푸레 창밖이 밝아 오고 있었다. 엄마의 아킬레스건이 있는 발목뼈는 날을 벼르고 있는 것처럼 섬뜩했다. 가끔 엄마가 내게 보이는 서늘한 눈빛처럼. 나는 그곳을 분홍 보자기로 감쌌다. 내 발목과 묶으니 깊은숨이 가늘게 나왔다. 이제 집에 술이 없으니 이런 일이 다시 벌어지지 않을 것이라는 안도였다.

엄마를 진료한 병원 의사는 그랬다. 엄마는 술이 좋아서 찾는 게 아니라 자기를 괴롭히기 위해 마시는 거라고. 자신이 술을 이기지 못한다는 걸 알지만 술을 보면 살아 있는 자신이 미워서 숨을 쉬는 것에 고통을 줘야 한다고 여긴단다. 이해가 안 되는 말이지만 "너희 엄마가 살기 위해 견디는 방법이야."라고 했었다. 그러면서 엄마 눈에 술이 보이게 하지 말라고 당부했다.

버스를 타고 겨우 시간에 맞춰 샌드위치 가게에 왔다. 내가 일할 동안 엄마가 있을 곳이 없어 난감했다. 일단 가게 사장에게 부탁해야 했다. "오늘만."이라는 사장의 이야기를 듣고 나는 굽신거렸다. 좁은 주방 구석에 플라스틱 의자를 놓고 엄마를 앉혔다. 물을 가져와 엄마에게 약과 함께 내밀었다. 약만 먹으면 무기력하고 잠잠해지는 엄마이니 몇 시간 동안은 걱정 없이 일할 수 있다.

포스기에서 주문 알림이 정신없이 떴다. 브런치를 먹으려는 사람들 두세 팀이 홀에 들이닥쳤다. 나는 모자를 눌러쓰고 손님을 맞았다.

쟁반에 바게트 샌드위치와 커피를 올려놓을 때 무하가 찬 바람과 함께 들어왔다. 왜 그리 반가웠는지 모르겠다. 무하가 짓궂게 눈썹을 이마 끝으로 끌어 올렸다.

"오, 웃네."

나를 웃게 만드는 애라니. 태어나 처음 만났다. 거짓말 하나도 안 보태고 나는 웃는 얼굴이 환하다. 잘 안 웃어서 탈이지. 집에서는 웃을 일이 없어서 웃지 않고 밖에서는 나를 감추기 위해 웃지 않는다. 간혹 내가 웃을 때가 있다면 지금처럼 피식 웃는 정도로 끝낸다. 물론 나도 크고 환하게 웃고 싶다. 한때는 그렇게 웃기도 했다. 캄보디아에서 내게 운동을 가르쳤던 코치가 우연히 만난 아빠에게 "하람이 참 싹싹하고 밝은 애."라며 웃는 모습이 보기 좋다고 칭찬하자 아빠는 믿을 수가 없다는 듯 나를 봤다. 그러더니 "엄마 닮아서 그래요. 하람이 엄마가 웃을 때 참 예뻤어요."라며 내 머리를 쓰다듬었다. 나는 환하게 웃는 엄마를 본 적이 없어서 와닿지 않았지만 내 웃는 얼굴에서 엄마 모습을 찾아내는 아빠에게 왠지 모르게 서운했다. 그래서 모처럼 칭찬받았는데도 맘껏 웃지 못했다. 아빠 눈에는 엄마만 보이는 것 같아서.

"날마다 그렇게 웃으면 좋겠다."

무하 말에 나는 얼른 웃음을 가슴 깊숙이 들여보냈다. 무안하기도 했지만 그보다는 날마다 웃을 일이 없었으므로.

"무하야, 농담은 나중에 하고."

사장이 샌드위치가 든 투명 비닐백을 무하에게 건넸다.

"여기 두 곳 갔다가 빨리 와. 지금 주문 온 거 일곱 개 만들고 있으니까. 다른 데 콜 받지 말고. 알았지?"

무하는 내게 샌드위치가 든 비닐을 들어 흔들어 보이며 나갔다. 저런 다정함은 무시가 안 된다. 나도 모르게 손을 흔들어 주었다.

11시를 넘어서자 홀 손님과 배달 주문으로 바빠 정신을 차릴 수 없었다. 크지 않은 홀에는 테이블 여섯 개가 있었는데 이미 만석이었다. 주문해 두고 찾으러 온 손님들의 웨이팅도 길어졌다. 주방은 사장이, 홀은 내가 맡았다.

배달 주문이 밀려 주스를 갈았다. 아메리카노와 생과일주스만 파는 곳이라 별다른 기술을 배울 필요도 없었다. 사장이 적어 놓은 대로 냉동 딸기 일곱 개와 바나나 한 개를 믹서기에 넣었다. 웽. 방음 커버까지 씌웠건만 돌아가는 소리가 꽤 크다고 생각하고 있는데 가게 문이 열렸다.

원지다. 놀라고 당황스러웠다. 어제 처음 만났는데 내가 알바하는 가게까지 찾아오다니. 그 정도로 친하게 굴 사인가 싶었다. 원지는 닭가슴살이 들어간 샌드위치를 주문하며 근처 대형 학원에 다닌다, 그래서 가끔 들르는 가게다, 수학 성적이 바닥이라 다니는데 선생이 얼마나 무시하는지 오기로 공부하고 있다는 말까지 내가 알 필요 없는 것들을 종알거렸다. '제발 꺼져 주라.' 속으로 말하며 나온 샌드위치를 용기에 담았다.

우당탕.

"아줌마!"

무언가 부딪히는 소리와 함께 주방에서 사장이 소리쳤다. 그제야 엄마가 생각났다. 후다닥 뛰어갔더니 사장이 바닥에서 엄마를 일으키고 있었다. 놀란 눈에 못마땅한 기색이 역력했다. 조금 전 슬쩍 보았을 때 냉장고에 기대 눈을 감고 있더니 잠들었었나 보다.

"아줌마, 아줌마가 여기 있었어요?"

어느새 원지가 들어와 나를 거들며 엄마를 부축해 의자에 앉혔다. 옷을 터는 엄마에게 다치지 않았냐고 내가 물을 말을 먼저 묻더니 이게 무슨 상황인지 설명하라는 눈빛으로 나를 봤다.

그때 튀김기에서 타임 종료를 알리는 소리가 울렸다.

"이건 민폐다, 좀! 어쩔 수 없어서 여기 계시라고 했지만……."

사장이 튀김기로 가면서 말했다. 새우가 든 튀김망을 꺼내 신경질적으로 기름을 탈탈 털었다. 눈치껏 상황을 알아챈 원지가 엄마를 일으켰다.

"우리 집에 가실래요? 할머니랑 있으면 되는데."

원지는 내게 의견을 구하지 않고 엄마를 일으켰다. 엄마는 사장에게 고개 숙여 인사하더니 원지를 따라나섰다. 순순히. 나는 멍하니 그 모습을 바라봤다. 내 엄마가 아닌 것 같았다. 그래서 원지에게 왜 내 엄마를 네 맘대로 하느냐고 따질 수도, 엄마를 부탁한다고 당부도 할 수 없었다. 솔직히 고마웠다. 대신 가게 문을 나서는 원지에게 포장된 샌드위치를 내밀었다.

"이거."

원지가 낚아채듯 받더니 엄마와 함께 걸었다. 원지 팔에 감싸인 엄마 뒷모습에 왜 서운한 마음이 드는지 모르겠다.

정신없이 시간이 갔다. 혼을 쏙 빼놓는다는 말을 실감했다. 왜 여기 알바생이 자주 바뀌는지도 짐작되었다. 그치만 나는 버틸 거다. 버틸 수 있다.

오후 3시. 일이 끝나자 사장은 오늘 일한 돈을 주면서 내게 일 잘한다고 칭찬했다. 그러면서 "내일은 엄마 안 오는 거지?"라고 물었다. 입안이 바르르 떨렸다.

"네."

인사하고 뒤돌아 나오는데 심장이 쿵쿵 뛰었다. 성질이 나고 독이 올랐다. 엄마는 캄보디아에 있었어야 맞다. 그냥 모른 척하고 나만 한국에 왔어야 했다. 계획대로. 같이 오겠다는 그 말을 무시했어야 했다. 엄마가 나를 보며 말을 하는 게 아무리 신기하고 반가워도 정신을 차렸어야 했다. "나도 이대로는 더 못 살겠다!" "차라리 같이 죽자." 소리치는 아빠에게 엄마를 맡겨야 했다. 엄마를 잡고 흔드는 아빠를 말리지 말았어야 했다. 아빠가 진짜 그렇게 할지 모른다는 생각에 겁에 질리지 않았어야 한다. 그랬다면 아빠는 선교사니까 엄마를 천국으로 잘 데려다 놓지 않았을까.

뛰었다. 타고난 지리적 감각으로 어제 왕복한 원지네 가게까지 뛰었다. 큰길로 나가 오른쪽으로 꺾어 쭉, 아파트 단지를 돌아 또 쭉. 다시 꺾어 쭉. 헉, 헉, 헉.

가게 문을 밀고 들어가자 원지 엄마 눈이 휘둥그레졌다.

"헉, 헉. 저, 저⋯⋯."

엄마는 어딨냐고, 우리 엄마 괜찮냐고 물어야 하는데 가슴에서 재가 되어 버린 '엄마'라는 단어가 갑자기 불쑥 나올 리 없었다.

"아유, 일단 여기 좀 앉아. 여기서 숨 좀 골라."

원지 엄마가 나를 부축해 의자에 앉혔다. 물을 주면서 엄마는 지금 원지네 아파트에 원지 할머니랑 함께 있으니 안심하라고 했다. 내 숨이 조금 차분해지자 엄마가 어디 아프냐고 물었다. 나는 고개만 살짝 끄덕이고 입을 다물었다. 자기 짐작이 맞았음을 확인한 원지 엄마는 다음으로 알바로 생활하는 거냐, 아빠는 없느냐, 살 집은 있느냐, 이모나 고모 누구든 도와줄 일가친척도 없느냐 같은 질문을 했다. 나는 모두 고개를 끄덕여 대답을 끝냈다. 어쨌거나 현재 상황에서 틀린 말은 없으니까 대답하면서 양심의 가책 그런 건 티끌만큼도 없었다. 대신 원지에게 전화 좀 걸어 달라고 부탁했다. 휴대폰도 없는 내 사정에 원지 엄마는 혀를 끌끌 찼다.

원지는 체육관에 있었다. 엄마는 할머니와 함께 계시니 안심하라며 체육관으로 오라고 했다. 참 쿨하다. 쿨한 원지의 제안을 핑계 삼아 나는 엄마 상태를 내 눈으로 확인해야 하는 불편한 상황을 잠시 피하기로 했다.

체육관까지 또 달렸다. 사이사이 신호등과 골목이 있어 냅다 달릴 수는 없지만 거리가 꽤 되니까 돈 안 드는 운동으로 딱이었다. 숨은 차고 발은 무거워지는데 엄마가 원지네 집에 매일 있을 수 있다면 좋겠다는 얄팍한 생각이 들었다. 알바하는 시간과 운동하는 시간만이라도. 약만 잘 먹으면 조용하니 거기서 지낼 수 있지 않을까. 엄마 아픈 줄 아니까 약도 챙겨 줄 것이고. 할머니랑 함께 있으면 말동무도 하고 좋을 텐데. 이런 생각하는 내가 너무 이기적인가. 원지 할머니는 얼마나 늙었을까. 혹시 할머니가 아파 누워만 있는 것 아닐까. 신호등에 걸렸다. 점퍼를 벗어 허리에 묶었다. 내일까지 일하고 점퍼를 사야겠다. 그리고 이 점퍼는 그 버스 정류장 할머니에게 돌려줘야겠다. 그 할머니도 참, 내가 누군지도 모르면서 선뜻 옷을 주다니. 그리 부자처럼 보이지도 않았는데. 처음 입었을 때 할머니 집의 분위기를 알 수 있는 꼬릿꼬릿한 청국장 냄새가 났다. 나는 그게 싫지 않고 오히려 침이 고이고 입맛이 돌았다. 신호등 불빛이 초록색으로 바뀌었다. 원지네 집에는 술이 있을까. 설마 남의 집인데 술이 있어도 마시지는 않겠지. 아냐, 일부러 술을 찾지는 않아도 술만 보면 정신이 나가는 엄마인데. 그건 원지에게 안 보이게 해 달라고 부탁하면 안 될까. 근데 이런 부탁은 어떻게 말하지?

"어머머 너, 뛰어온 거야?"

체육관에서 나를 맞이한 건 원지였다. 호들갑을 떨며 수건을 찾아 들더니 땀으로 범벅이 된 내 얼굴을 더듬거렸다.

"대단하다, 대단해."

아이씨. 나는 수건을 뺏어 들고 얼굴을 파묻었다. 목울대가 쿨럭하면서 눈알이 시큰해졌다. 얘 관심은 왜 이렇게 방정맞고 유난스러운지 모르겠다. 단단하고 철벽 같은 내 감정선 사이를 얇은 실금처럼 깊게 파고든다. 기어코 내 눈물을 보고야 말겠다는 듯. 아무리 그래도 겨우 두 번째 만남에서 이러는 건 좀 재수 없다.

무하는 관장과 경기하고 있었다. 관장은 중간중간 "집중해." "발!" "조여!" "그렇지." "눌러." "잡아!"라고 소리치며 지도했다. 몇몇 학생들이 이를 지켜보고 있었다. 원지가 내 곁으로 오더니 무하는 곧 있을 도내 주짓수 대회에 체육관 대표로 나간다고 했다. 거기서 눈에 띄면 고등학교 때부터 스폰서가 붙을 수 있단다. 체육복에 로고 달아 주는 대가로 훈련에 드는 용품과 비용을 지원받는다는 것이다. 잘하면 좋은 코치도 붙여 주고 홍보도 해 주고 계약금도 주며, 경기도 잡아 줘서 승수를 더 쌓게 해 프로 선수로 키우는 거라고 원지가 속삭였다. 주먹이 저절로 쥐어졌다.

"내 꿈은 무하 매니저야. 아니, 꿈이 아니라 지금도 그렇지. 우린 환상의 팀이랄까?"

원지는 무하의 훈련 스케줄을 관리하고 있다고 자랑했다. 나는 어떻게 하면 대회에 나갈 수 있을까 생각하며 아랫입술을 악물었다. 말을 마친 원지가 나를 가만히 보더니 엄지와 검지로 이에 물린 내 입술을 툭 빼냈다.

"넌 꿈도 꾸지 마. 무하는 내 남자니까."

웃기지도 않은 말을 이리 찰떡같이 내뱉다니 참 한가한 애다.

무하 경기가 끝났다. 관장은 무하를 잡고 이것저것 조언했다. 부럽고 질투 나고 욕심났다. 관장은 무하에게 대학생으로 보이는 사람을 붙여 주며 계속 연습하라고 지시했다.

사무실로 가는 관장에게 나도 대회에 나가고 싶다고 말했다. 관장은 나를 쳐다보지도 않고 "아직 안 돼."라고 했다. 왜 무하는 되고 나는 안 되는지 모르겠다. 나도 무하만큼 할 수 있다. 여자지만 키나 덩치도 무하와 비슷하다. 아직 진짜 실력을 못 보여 준 게 문제였다.

"네가 가진 건 유도 기초 기술하고 킥복싱 기술 몇 개인 것 같아. 너, 운동 정식으로 배운 적 없지?"

관장은 정확하게 나를 간파했다.

"테크닉이 좋기는 해. 악바리 근성도 있고. 하지만 다시 체계적으로 배워야 해. 기본 기술력을 키워야지. 공격, 수비 둘 다. 그래야 안 다치고 건강하게 오래 선수 생활할 수 있어. 오늘부터 운동

스케줄 짜 줄 테니까 그대로 하자."

답답했다. 나가기만 하면 이길 자신이 있었다. 일단 대회에 나가고 거기서 지면 그때부터 차근차근 운동하겠다고 매달렸다.

"나가서, 막무가내로 치고받고 하려고? 그건 싸움이야. 스포츠가 아니라. 너 설마 조폭이나 되려고 운동하는 거 아니지? 요즘엔 조폭도 체육관에서 운동 배운다."

"이길 자신 있습니다."

"아니, 이 녀석이."

관장이 얼굴을 붉혔다. 원지가 뛰어와 나를 끌어당겼다.

"관장님, 관장님. 얘가 처음 와서 그래요. 제가 잘 말할게요. 무하도 처음에 그랬잖아요."

관장은 뒤도 안 돌아보고 가 버렸다. 냉철하고 단호한 사람이었다. 피 흘리는 상대의 약점에 가차 없이 펀치를 날려 승리를 따내는 매정한 선수 기질이 엿보였다. 그렇다면 진짜 실력으로 승부하는 수밖에 없다.

"그런 눈으로 보지 마. 관장님 천사야."

콧방귀가 절로 나왔다. 원지는 날 위해 자비를 베풀어야겠다며 무하의 훈련 일지를 보여 줬다. 초등학교 4학년 때부터 운동한 내용이 꼼꼼히 기록되어 있었다. 하루도 빠짐없이. 그날그날 배운 것을 그림까지 그려 가며 써 놨다. 솔직한 감정까지 털어놓았다.

너무 힘듦.

짜증 난다. 될 때까지!

개빡침은 내 존재감.

유쾌한 애로만 보았던 무하도 나만큼 절실해 보였다. 이 절실함은 어디서 나오는 건가? 아빠? 엄마? 아니면 원대한 꿈?

원지가 내 손에 들린 무하의 훈련 일지를 보물 다루듯 빼 갔다.

"무하가 운동하기 전, 그러니까 관장님 만나기 전에 제일 잘하던 게 뭔 줄 알아?"

나는 속으로 '주먹질?'이라고 생각하면서 원지의 다음 말을 기다렸다.

"참는 거."

의외였다.

"다수와 다른 소수로 잘 살아가기 위해 참는다고 했어. 놀려도 참고 괴롭혀도 참고 억울해도 참고 분해도 참는대. 그래서 다들 무하가 엄청 순둥인 줄 알았지. 어느 날 종합 격투기를 하고 싶다고 하더라고. 처음 들어 본 그 운동이 뭔가 궁금해서 졸래졸래 따라왔는데 여기더라."

원지는 체육관을 소개하듯 팔을 펼쳤다.

"무하는 이곳에 오자마자 샌드백을 치고 킥을 차고, 인정사정 없이 두들겨 팼어. 완전 다른 애 같았다니까. 맨날 참느라 안에 꽉 꽉 눌리고 쌓인 게 많았던 게지."

그런 무하의 운동에 관장이 체계를 잡아 줬다고 한다.

"그러니까 너는 아직 무하만큼 기본을 닦지 않았다는 말이야. 관장님 숨은 고수야. 실력 탑."

원지는 엄지를 세웠다. 펀치 한 번 안 날려 본 주제에 뭘 안다고. 킥을 날리지 않고는 주체가 안 되는 울분을 품어 본 적도 없으면서 아는 척하기는. 분을 이기지 못해 어디 한 곳 얻어터져야 시원할 것 같은 기분도 모르면서 넘겨짚기는. 나는 원지 말을 무시하며 뒤돌아 핸드랩을 감았다.

"근데 너도 잘하더라. 조금만 더 열심히 해 봐."

원지가 내 등을 토닥거렸다. 아이씨. 애…… 진짜 뭐냐. 선수도 아니면서 훅 치고 들어오다니. 크음. 나는 얼른 코를 들이마시며 시큰해지는 콧마루를 달랬다. 줄넘기를 잡았다. 오백 개씩 네 번을 뛰어야 한다. 발뒤꿈치로 줄을 뒤로 보내는데 원지가 말했다.

"너희 엄마, 애기를 엄청 예뻐하더라."

나는 체하듯 줄넘기에 걸렸다.

"어허, 두 개도 못 하고 걸리다니. 다시!"

나는 그대로 멈춰 서서 원지를 쳐다봤다.

"아니, 우리 집에 사촌 동생이 와 있거든. 세 살. 아니 두 살 육 개월. 걔가 다니던 어린이집에서 무슨 일이 있었는지 죽어도 안 가려고 해. 그래서 할머니가 봐 주고 있어. 집에서 할머니가 오이,

당근 썰고 시금치 무치면서 김밥 재료 다 준비해야 하는데 그 녀석이 와서. 말도 안 듣고 어쩌나 개구쟁이인지. 아주 통제가 안 된다니까."

원지는 고개를 절레절레 저었지만 내가 듣고 싶은 핵심은 그게 아니었다. 엄마가 아이를 좋아한다니. 엄마는 절대 그런 사람이 아니다. 그런 사람이 자기 딸을 한 번도 안아 주지 않고, 따뜻하게 눈 한 번 마주쳐 주지 않고 얼음장보다 차가운 손길로 밀어냈을 리 없다. 늘 엄마에게 사랑을 구했던 딸에게.

"너희 엄마가 책도 읽어 주고 밥도 떠먹여 주고 안아서 낮잠도 재워 줬어. 개도 너희 엄마 품이 따뜻하고 좋은지 금방 잠들었다니까."

아니다. 엄마 품이 따뜻할 리 없다. 내가 기억하는 엄마의 품, 엄마의 눈길, 엄마의 손길은 뾰족하고 날카로웠으며 섬뜩하게 차가웠다.

다섯 살, 크리스마스에 빨간 하트를 하얀 종이 가득 그리고 '엄마 사랑해요.'라는 말을 갓 배운 캄보디아어로 썼다. 종이를 접으면서 너무 떨렸다. 이걸 받으면 엄마도 내게 웃어 줄 거라고, 나를 안아 줄 거라고 믿었다. 한달음에 엄마에게 달려갔다. 방문을 벌컥 열었는데.

엄마가 고개를 홱 돌려 나를 쏘아보았다. 눈물로 범벅이 된 얼굴로. 기도하는 중이었는지 무릎을 꿇고 있었다. 나는 기도를 방해해서 엄마가 화난 거라고 생각했다. 그래도 내 카드를 보면 좋아할 거라고 믿었다. 엄마에게 다가가 카드를 내밀었다. 엄마가 카드를 펴 보더니 더 소리를 크게 내며 울었다. 내 기대와 반대였지만 엄마가 카드에 얼굴을 묻고 울기에 어쩌면 너무 좋아서 그러는 것일지 모른다고 생각했다. 그래서 옆에서 엄마를 안았다. 그러자 엄마가 확! 나를 거세게 밀쳐 냈다. 나는 그대로 방바닥에 나동그라졌다. 눈물이 났다.

"울지 마! 제발 울지 마! 울면 안 돼!"

소리치는 엄마의 입에서 튀는 침인지 눈물인지가 내 얼굴에 쏟아졌다. 더 울고 싶은데 무서워서 소리가 안 나왔다. 속눈썹에 튄 물방울을 닦고 싶은데 움직일 수 없었다. 엄마는 그런 나를 놔두고 방에서 나갔다. 나는 캄캄해질 때까지 그대로 있었다. 내가 그 방에 있는 동안 엄마는 들어오지 않았다.

한참 뒤, 아빠가 집에 오는 소리가 들리고 아빠 말소리가 들렸다. 방문을 열었더니 아빠가 엄마를 안고 있었다. 엄마는 아빠 품에서 흐느꼈다.

"빨간 하트를 보는데 참을 수 없었어. 흐억, 흑……. 그 작은 손으로 색종이에 하트 그려서 벽에 덕지덕지 붙여 두었었잖아. 기억나? 성탄절만 되면 그 장면이 떠올라. 그런데 나 때문에……."

"지은아, 지은아 제발 그만. 제발……."

아빠의 간곡한 부탁에도 엄마는 도리질하면서 울었다. 아빠는 엄마를 끌어안고 기도했다. 엄마는 계속 울고.

그 뒤로 나는 엄마에게 카드를 쓰지 않았고(못했고) 안기지 않았고(못했고) 엄마를 부르지 않았다(못했다).

그런 엄마가 아이를 좋아하는 사람이라니. 책을 읽어 주고 안아서 재우다니.

나는 내 팔뚝만큼 굵은 고무 밴드를 등에 감아 당기면서도, 허리에 차고 몸을 낮추면서도, 다리에 걸어 무릎을 빼는 연습을 하면서도 엄마가 이해되지 않았다. 엄마가 아이를 좋아한다면 왜 나한테는 그토록 잔인했을까. 왜 아빠만 나를 봐 주고 내게 말을 걸었을까. 어릴 때 왜 아빠가 나에게 밥을 먹여 주었을까. 갓난아기 때도 아빠가 나를 안고 씻겼다. 내 모든 사진에 엄마는 왜 없을까. 왜? 엄마와 나는 대체 무슨 관계인가.

그동안 엄마를 향해 질기게 매달렸던 나의 구애가 헛수고였음이 드러났다. 엄마에게 나란 존재는 불필요하거나 어쩌면 자기에게 있어서는 안 되는 존재인지 모른다. 대체 왜?

무하가 운동을 끝내고 샤워실로 갔다. 원지가 내게도 어서 갈 준비를 하라고 했다.

"나는 좀 더 하고 갈게."

"너무 무리하는 거 아냐? 벌써 두 시간 지났어."

안다. 하지만 아직 운동이 내 양에 차지 않았다. 운동할 때 무하

의 눈빛을 보니 이를 악물지 않을 수 없었다. 그 정도는 불태워야
경기에 나갈 수 있는 거였다.

"너희 엄마가 기다릴 텐데."

아. 원지 말이 내 머리에 딱밤을 때렸다. 그때 무하가 밝게 웃으
며 나왔다. 원지는 달려가 단백질 음료를 내밀었다. 관장이 멀찍
이서 "하람이는 나랑 좀 더 하자."라고 소리쳤다. 구세주란 이런
거다. 이러지도 저러지도 못하는 상황에서 철컥 나를 낚아채 주
는 사람.

"그럼 우리 먼저 갈게. 끝나고 원지네 가게에서 만나자."

무하 말에 원지가 손뼉을 짝 치며 좋아했다.

"그래, 그게 좋겠다. 엄마는 우리 할머니랑 계시니까 걱정하지
말고."

됐다. 나는 고개를 끄덕였다. 막차 시간에 맞춰 가겠다고 했다.
원지는 가게 문 닫는 시간과 비슷하다며 손을 흔들며 나갔다. 나
는 시간을 벌었다.

계획에 없던 만남

관장이 짜 준 운동 프로그램이 마음에 들었다. 체력 훈련과 기술 훈련이 적절하게 구성되어 있었다. 그런데 한 가지. 하루 세 시간은 내게 너무 짧았다. 다섯 시간으로 늘려 달라고 하자 관장 눈빛이 안쓰러움을 담고 흔들렸다.

"그렇게 운동하려면 식단 관리까지 하면서 잘 먹어야 하는데 너는……."

뭉개진 뒷말은 안 들어도 뻔하다. 아빠는 없고 엄마는 돌봐 줄 상황이 안 되고 돈도 없고 몸을 관리할 여건이 안 된다는 말. 걱정을 적당히 버무려 넣었기에 감사해야 하는 말.

관장은 뒷말을 얼버무리며 구운 계란과 두유를 내밀었다. 계란 하나를 까서 입에 몰아넣으며 퍽퍽한 내 기분까지 씹어 버렸다. 관장은 그런 내 성질머리를 깡으로 봤다. 깡을 잘 키워 보라며 내 어깨를 다독였다. 그러고는 "하는 것 봐서 최대한 빨리 첫 시합을 잡아 줄게. 문제 일으키지 말고 성실하게 훈련해!"라고 했다. 나는 급히 허리를 숙였다. 그렇지만 '하는 것 봐서'라니!

　체육관을 나오니 어둠이 짙게 내려앉아 있었다. 칼바람이 날을 세우고 몰아쳤다. 뛰면 열이 난다. 일단 뛰자. 원지가 알려 준 지름길로 달렸다. 대로로 나가지 않고 체육관 뒷골목으로 가면 아파트 후문을 통과해 정문으로 나갈 수 있다고 했다. 그 길이 가장 빠르단다. 가게 문 닫을 8시쯤 엄마를 데리고 나온다고 했으니 버스 막차 시간하고 잘 맞아떨어진다. 아주 좋다. 매일 이렇게 시간 관리가 되면 더 바랄 것이 없겠다. 엄마가 오늘처럼 원지 할머니랑 있으면 좋은데. 그 부탁까지 하기에는 염치가 없다. 혹시 원지 사촌 동생을 봐 준다면 가능하지 않을까. 세 살이라는 그 동생.
　나의 세 살. 한국에서 캄보디아로 갔던 나이. 만나는 사람에게 어설픈 캄보디아 말로 "쫌리(안녕)" "쫌리" 하면서 고개를 끄덕거렸던 나. 사람들이 먹을 것을 주면 아무거나 넙죽넙죽 받아먹었던 나. 기억에도 없던 내 모습을 할머니가 이야기해 줬다. 할머니는 한국에 있었는데 어떻게 알았냐고 물으니 아빠에게 들었다고 했다. 아빠는 왜 내게 직접 말해 주지 않았을까. 내가 자다 울면 달려오고 당근을 싫어하는 날 위해 볶음밥에서 빼 주고 구구단 외울 때도 도와준 아빠였는데.

뒷골목은 상가들이 일찍 문을 닫아 어두웠다. 간혹 골목에서 나오는 차들이 있으면 지나가기를 기다리며 제자리에서 뛰었다. 한참 후 다다른 아파트 후문은 차 없이 사람들만 다니도록 입구가 좁았다. 오르막길이었으며 오른쪽으로 휘어져 입구에서는 아파트 단지가 보이지 않았다. 울타리처럼 심어진 나무 사이로 희미한 가로등 하나만 켜진 채 오가는 사람도 없었다. 왠지 남의 집에 들어가는 기분으로 단지 안으로 들어섰다. 코너를 돌자 어떤 애가 불쑥 튀어나왔다.

"너, 뭐야?"

그 애는 다짜고짜 주먹을 쥐어 올렸다. 캄캄한 데다 검은 롱 패딩 지퍼를 끝까지 쭉 올리고 모자까지 써서 눈밖에 보이지 않았다. 키는 컸지만 목소리는 가늘어 녀석은 별로 위협적이지 않았다. 내가 비켜 지나가려고 하자 그 애가 내 팔을 잡았다. 알지도 듣지도 못했고 만난 적도 없는 놈인 그 롱 패딩이 대뜸 물었다.

"너, 여기 살아?"

뭐 이런 개똥 같은 질문이 있는지. 남이야 살건 말건.

"몇 살이야?"

이런 질문은 웃기지도 않는다.

"몇 학년?"

이젠 좀 수상했다.

"내가 오줌이 급해서 그러는데 여기 서서 누가 오는지 망 좀 봐 주라.”

그 롱 패딩은 갑자기 금방 터질 것 같은 표정을 지었다. 오죽 급했나 싶어 나는 의심을 거두고 “알았어.”라고 답했다. 급한 사람의 심정을 아니까. 롱 패딩은 사람이 오면 소리치라며 뛰어갔다. 나는 얼떨결에 후문으로 사람이 들어오는지 몸을 쭉 빼고 보았다. 그렇게 한 이 분 서 있었나. 뭔가 좀 이상했다. 오줌을 이 분씩이나 싸는 놈은 없다. 나는 롱 패딩이 뛰어간 쪽으로 고개를 돌렸다. 어둠 속에서 두 놈이 주차된 차의 손잡이를 당기고 있었다. 그러니까 롱 패딩이 내게 망을 세운 거다. 아, 그냥 보냈으면 별 탈 없었을 텐데.

“야! 뭐야?”

나는 그쪽으로 소리를 버럭 질렀다. 롱 패딩이 욕을 지껄이면서 조용히 하라는 동작을 크게 했다. 깜냥도 안 되는 것들이 뭘 한다고. 내가 씩씩거리며 달려가자 그놈들이 당황해서 도망치기 시작했다. 차 앞 범퍼까지 다 갔을 때 간발의 차로 녀석들을 놓쳤다.

“이놈들!”

어떤 아저씨가 소리치며 뛰어왔다. 놀란 나는 앞뒤 생각 없이 놈들을 따라 뛰었다. 그러다 “켁!”

내 목덜미가 확 들렸다.

“어디서 차를 털어?”

차 주인은 다짜고짜 경찰에 신고했다. 그사이 경비원까지 달려왔다.

"드디어 잡혔네. 하, 아파트 주민 민원에 시달린 것 생각하면 자다가도 벌떡 일어날 지경이라니까요."

"나, 아니에요."

소리치며 몸을 비틀었다. 내 몸이 차 주인 손아귀에서 빠지자 경비원이 와락, 내 몸통을 팔로 감았다.

"어디서 못된 짓만 배워서."

"나 아니라고요!"

내 몸부림은 소용없었다.

"아니긴, 뭐가 아냐. 내가 봤는데. 이런 놈들은 싹 다 잡아서 처넣어야 돼요."

경비원은 요사이 차 털이 사건이 많았다며 문을 꼭 잠가야 한다고 차 주인에게 말했다.

"장례식장에 가야 해서 옷만 갈아입고 나온 건데 그사이 이놈들이 털었네요."

"그래도 잡혀서 다행이죠. 잃어버린 것은 없죠?"

"차 안에 조의금 있었는데……."

억울했다. 이런 말도 안 되는 상황에 빠지다니.

오 분이 채 안 돼 경찰차가 출동했다. 나는 아니라고 했지만 신고가 들어왔고 현장에 있었으니 "특수 절도 혐의로 입건"한다며 제복 입은 경찰이 나를 경찰차 뒷자리에 태웠다. 특수 절도. 듣기만 해도 엄청난 죄목이었다. 잘못한 게 없으니 조사만 하면 끝나겠지. 최대한 빨리 돌아와야 한다는 생각으로 더 이상 따지지 않았다.

그런데 지구대에 도착한 경찰은 어딘가로 전화를 걸었다.

"세 명 중 한 명은 잡았습니다. 지구대로 오시죠."

조금 있으니 사복을 입은 경찰이 두 명 왔다. 중년의 여자와 젊은 남자. 그런데 이 여자는 어디서 본 얼굴이었다. 한국에 아는 사람이 있을 리 없는데 어디서 봤더라. 그 여자도 나를 기억해 내려는 듯 미간을 찌푸렸다.

"아, 아. 맞다. 너! 술!"

아, 익산역 근처 편의점에서 만났던 그 오지랖. 비니 아줌마. 경찰이었다. 그것도 여성 청소년 담당 권세현 경위란다. 청소년 범죄는 일반 지구대에서 수사할 수 없고 경찰서 여성 청소년계에서만 한다니. 잘됐다. 그날 술을 내가 안 샀다는 게 확인됐으니 모범생까지는 아니어도 최소한 특수 절도나 하는 나쁜 애로 보지는 않을 것이다.

"저 아니에요. 저는 그냥 지나는 길이었다고요."

그러나 통하지 않았다.

"다들 잡히면 그렇게 말해. 경찰 인생 이십이 년에 순순히 제가 범인입니다, 하는 놈 한 명도 못 봤어."

딱 보니 너도 알 만하다는 눈빛. 네깟 게 그럼 그렇지 하는 눈빛. 나를 홱 쓸어 버리는 저 눈빛. 가슴에서 울분이 터졌다.

"아니라고요! 내가 안 했다고요! 난 그냥……."

권 경위는 나를 쳐다보지도 않고 태연히 서류에 사인했다. 나를 경찰서로 인계해 가겠다는 거다. 이 상황에서 왜 엄마가 떠오르는지 모르겠다. 난생처음 경찰서에 끌려가게 된 마당에 두려움보다 엄마 걱정이 먼저 됐다. 엄마 혼자 집에 못 찾아갈 텐데.

"아이씨. 정말 나 아니라고요. 네?"

핏대가 서고 주먹이 떨렸다. 지구대에 있는 경찰들이 내 주변으로 몰려들었다. 권 경위는 내가 가소롭다는 듯 한마디 던졌다.

"그래, 어디 멋대로 지껄여 봐."

"난 아무 짓 안 했다고요. 죄인 취급하지 말라고요. 난 그냥 거기 있었을 뿐이었다고요! 뭐 눈에는 뭐만 보인다고. 형사라고 모두 범인으로 보여요? 예?"

말을 할수록 화가 치밀었다. 권 경위와 같이 온 노준우 순경이 나섰다.

"진정해. 일단 경찰서로 가서 얘기하자. 조사해서 죄가 없으면 보내 줄게. 걱정하지 말고."

"내가 거길 왜 가냐고요! 범인이나 잡아요. 억울한 사람 잡지 말고!"

왈칵 눈물이 솟구치는 걸 부르르 떨며 이를 악물고 참아 냈다.

"흠…… 태워!"

권 경위 말에 노 순경이 내 팔을 잡았다.

"놔! 놔!"

내가 휘두르는 팔에 노 순경이 어깨를 맞았다.

"너, 순순히 안 가면 수갑 채울 거야. 방금 노 순경 친 것으로 공무 집행 방해로 입건될 수 있어. 그러면 천만 원 이하 벌금이나 징역 오 년이야."

노 순경이 아픈 척하며 자기 어깨를 움켜잡았다. 졸지에 나는 덫에 걸린 토끼 꼴이 되었다.

다시 경찰차에 태워져 지구대에서 경찰서로 이동했다. 시간은 벌써 8시 30분을 훌쩍 넘었다. 모두 원지네 가게에서 나를 기다릴 텐데. 내가 안 가면 엄마는 어떻게 될까. 어떻게 연락하지. 조사는 얼마나 걸릴까. 내 말을 믿어 주기는 할까. 어떻게 증명하지? 이런 걱정으로 경찰서에 들어섰는데 문제는 그게 아니었다. 노준우 순경이 나를 앉혀 놓고 질문했다.

"이름?"

"이하람."

"나이."

"열일곱."

"주민 등록 번호."

"……."

막혔다. 한 번도 써 본 적 없는 주민 등록 번호다. 모니터를 보던 노준우 순경이 나를 봤다.

"……몰라요."

"그럼 학교."

"……."

또 막혔다. 이번에 노준우 순경은 내게 고개를 돌리지 않고 다시 물었다.

"학교."

"안 다녀요."

내 최선의 답변이었다. 그제야 노준우 순경이 나를 봤다. 한심한 눈으로. 지구대에서 보인 친절은 이미 밥 말아 먹은 지 오래였다.

"부모님 연락처."

"……."

"하, 너 뭐냐. 묵비권을 쓰겠다는 거야? 우리가 너 털면 삼십 분 안에 다 나와. 그냥 부는 게 낫지 않겠어? 공무 집행 방해로 처벌받고 싶어?"

이건 협박이다. 그러나 안타깝게도 내게는 불 수 있는 게 아무것도 없었다. 노준우 순경이 물러나고 권 경위가 나섰다.

"편의점 앞에서 만났을 때 같이 있던 사람이 엄마 맞지?"

콧방귀가 나왔다. 대답 안 해도 되는 질문, 뭐라 대답할지 알 수 있는 뻔한 질문은 하는 게 아니다. 자기 입만 아프다.

"보호자랑 연락돼야 너 여기서 나갈 수 있어. 전화해."

권 경위가 휴대폰을 내밀었다.

나는 받지 않았다. 엄마는 휴대폰이 없고 원지네 가게로 전화할 수도 없는 노릇이다. 원지나 무하 전화번호도 모른다. 그냥 아는 사람들일 뿐. 인생에서 스쳐 지나가는 사람을 머리에 저장해 둬야 할 이유는 없다.

"네가 이렇게 나오겠다면 우리도 별수 없어. 너는 걔네와 한패가 아니라면서. 그런데도 망을 봐 달라고 하니까 알았다고 답했다는 거잖아. 그럼 범죄에 협조한 거지. 그러니까 공범이 될 수 있어."

"아니 그건 그 자식 오줌 때문에 그랬다니까요. 도대체 몇 번을 말해야 돼요. 공범 아니라고요!"

"그러니까 보호자가 너 데리러 와야 여기서 나갈 수 있어."

"보호자!"

바로 맞받아친 내 목소리가 콘크리트 벽에 맞고 튕겨 다시 내 귀에 꽂혔다. 사납고 혐오스럽게.

"……그딴 거 없어요."

권 경위는 놀랍지도 않다는 듯 고개를 끄덕거렸다. 뭘 안다고. 경찰이랍시고 상황만 보고 나를 잘못 나온 불량품으로 취급하는 꼴이라니.

"노 순경, 일단 조회해 봐."

권 경위 말에 노준우 순경이 알겠다면서 자리를 비켰다.

권 경위는 내가 범인이 아니라면 그때 상황을 이야기해 보라고 했다. 나는 다시 롱 패딩을 만난 순간부터 설명했다. 이어서 놈들의 생김새를 기억나는 대로 말하라고 하기에 롱 패딩의 인상착의와 기억에 남았던 목소리를 자세하게 불었다. 그놈들이 차에 붙어 있어 뭘 하는지 몰랐지만 수상했다고 나름의 촉을 곁들였다.

"뭘 하는지 몰랐지만 수상했다⋯⋯."

권 경위는 내 말을 따라 하며 키보드를 두드렸다. 어디서 본 적 있는 애들이었냐는 질문에 아니라고 했다. 그 아파트에 살지도 않는데 왜 그곳에 갔느냐는 질문에 그냥이라고 했다. 이 지점에서 권 경위가 눈을 치떴지만 나는 말을 바꾸지 않았다. 권 경위는 다시 한번 "그냥이라⋯⋯." 하며 팔짱을 끼고 의자 등받이에 몸을 기댔다.

노준우 순경이 다가왔다.

"거참, 얘 기록이 없어요. 안 나와요. 유령인가?"

내 이름과 신원이 추적 안 된다는 소리였다. 휴대폰과 교통 카드 사용 내역이 전혀 없다는 말을 참 거창하게 했다. 나는 대한민국에서 휴대폰을 개통한 적도 교통 카드라는 걸 쓴 적도 없으니 당연했다. 가출 신고 들어온 것도 없고 근처 학교 학생 명단은 지금 확인이 안 된다고 했다.

"땅에서 솟았나?"

노준우 순경은 계속 갸우뚱거렸다. 권 경위가 짧은 머리를 긁적이며 신경질적으로 물었다.

"거짓말을 했겠지. 부모님 이름."

"……."

내가 이대로 버티면 보내 주지 않을까. 나는 결백했고 아무 죄도 없는 사람을 붙잡아 두면 안 되는 거니까. 시간은 벌써 10시를 넘어가고 있었다. 엄마는 아직도 원지네 집에 있을까? 설마 혼자 집에 간 건 아니겠지? 할머니 집 주소는 알까? 연락할 길은 오로지 원지네 가게밖에 없는데 전화로 사건의 전후 사정을 다 이야기하기도 복잡하고 구차하게 느껴졌다. 여기서 나가기만 하면 다 끝난다. 도망쳐야겠다. 도망치자.

고개를 살짝 숙이고 상황을 살폈다. 경찰서 여성 청소년계 사무실은 꽤 큰 편이었고 십여 개의 책상이 마주 보고 있었다. 그 공간에 지금은 권세현 경위와 노준우 순경, 그리고 나밖에 없다. 조금 전까지 남자 경찰 두 명이 더 있었는데 신고가 들어와 나갔다. 출입문은 회색 철문이다. 정확한 계산으로 잽싸게 움직이면 빠져나갈 수 있을……. 엇, 도망칠 동선을 그리다가 막혔다. 여기는 2층이고 아까 계단을 올라왔을 때 복도를 막은 철제 유리문이 있었다. 권 경위가 지문을 찍었던 문. 이 사무실로 들어올 때도 비밀번호를 눌렀다. 쉽지 않다.

'하―.' 허탈한 숨이 절로 나왔다. 권 경위가 고개를 내게로 돌렸다.

"도망칠 수 없지?"

나를 꿰뚫어 보는 건가. 내가 아무리 날렵해도 사무실 문도 열기 전에 잡힐 거라며 꿈도 꾸지 말라고 했다. 그런 애들이 한둘이 아니었다면서. 그러면서 어차피 다 탄로 날 일이니 순순히 부는 게 좋을 거라고 덧붙였다. 그러지 않으면 나를 청소년 보호 단체에 넘긴단다. 협박인지 모르겠지만 장난처럼 들리지는 않았다. 어떻게 해야 할지 알 수 없었다. 아이씨, 이번에도 하늘의 방해 작전이 제대로 통했다.

도대체 하나님은 어떤 사람을 불쌍히 여기는 건지 알다가도 모르겠다. 나를 불쌍히 여기는 게 아닌 건 확실하다. 아빠가 기도 때마다 "하나님 아버지 우리를 불쌍히 여겨 주셔서……." 어쩌고저쩌고했는데 그 '우리'에 나는 포함되지 않았던 거다. 그래서 나는 또 열받고. 인정머리 없는 하나님. 아빠가 기도할 때마다 그 옆에서 눈 감고 고개까지 숙이고 있었는데 이토록 철저하게 못 본 척할 수가 있을까. 수천, 수만 번도 더 불쌍히 여겨 달라고 했는데.

언젠가 아빠에게 "하나님은 내가 불쌍하지 않은가 봐. 한 번도 내 편 안 해 줘."라고 말한 적이 있다. 그때 아빠가 뭐라고 했더라……. 아, "하나님은 하람이를 불쌍히 여기지 않으시고 온전히 사랑하시는 거야."라고 했었다. 설마 이렇게 코너에 모는 게 사랑이라고? 그 사랑 참 개떡 같다. '그래도 하나님, 아빠 말대로 날 사랑한다면 아 쫌, 도와줘요. 씨. 나 말고 엄마를 봐서라도요.' 안 하려고 했는데 기도가 절로 나왔다. 눈은 감지 않아도 분명 기도

다. 간절한.

노준우 순경이 나를 둥근 테이블이 있는 의자에 데려다 앉혔다. 내가 미성년자이므로 보호자에게 인계해야 자신들이 책임에서 벗어난다고 했다. 내가 얌전히 앉아 있자 권 경위와 노준우 순경도 이젠 나를 무시하고 자기 일들을 봤다.

내가 경찰서에 붙잡혔다는 사실을 털어놓고 도움을 청할 사람은 어디에도 없었다. 엄마는 턱도 없고 관장, 원지, 무하, 원지 엄마, 알바 카페 사장. 그나마 어른 중에서는 관장이 가장 나를 잘 알겠지만 이런 사건에 연루되었다고 하면 문제를 일으킨 게 되어 잘하면 최대한 빨리 잡아 준다는 시합은 태평양을 건너가 버릴 거고 카페 사장 귀에 들어가면 알바도 잘릴 테다. 설령 내 결백이 증명돼도 의심까지 완전히 걷어 낼 수는 없는 법이니까.

"이것 좀 먹어."

노준우 순경이 귤 세 개를 내 앞에 놓았다. 배가 고파 마다할 이유가 없었다. 귤을 하나 집어 들자 나를 보고 있던 권 경위는 캡슐 커피를 내렸다. 진한 커피 향이 사무실에 퍼졌다. 커피가 다 내려지고 권 경위가 빈 캡슐을 꺼낼 때 나갔던 다른 팀 경찰들이 내 또래로 보이는 여자애들 네 명과 함께 들어왔다. 경찰서 안은 금세 시끄러워졌다. 술 마시고 친구를 때렸단다. 그 애들은 경찰 앞에서도 미친년, 맞아도 싼 년 등 각종 욕설을 서슴없이 내뱉었다. 권 경위가 고개를 설레설레 흔들었다.

"조폭보다 더해. 깡패들은 잡혀 오면 지들이 뭘 잘못했는지 알고 나 죽었다 하는데. 그래야 형량이 가벼워지는 줄 너무 잘 아니까. 근데 애들은……."

권 경위가 둥근 테이블에 커피잔을 내려놓았다. 노준우 순경이 의자를 빼 앉으며 말했다.

"요즘은 청소년들이 더 무서워요. 잡히면 겁먹지도 않고 촉법 소년이라며 큰소리를 쳐요. 그런 애들 보면 경위님 다시 강력반으로 가고 싶으시겠어요."

"그러게. 강력반에 뼈를 묻을 줄 알았는데."

"경위님 어머님이 아프셔서 휴직하셨다면서요?"

"응. 일 년. 엄마랑 여행 다니면서 그동안 쌓인 거 다 풀고 원 없이 보내 드렸지."

나는 고개를 숙이고 천천히 귤을 까면서 둘의 이야기를 들었다. 권 경위는 경기도 쪽에서 강력반 형사로 이름을 날리다 엄마가 췌장암에 걸려 익산으로 돌아왔단다. 엄마가 한 달 전에 돌아가셨고 복직하면서 익산에 정착하기로 했단다.

"어머님과 사이가 좋으셨나 봐요."

"천만에."

노 순경의 질문에 권 경위는 쓴웃음을 날렸다.

자기가 경기도로 간 이유도 엄마와 떨어지기 위해서라고 했다. 그 말에 나는 고개를 들어 권 경위를 봤다. 커피잔에 반쯤 가려진 얼굴 위로 보이는 눈이 왠지 슬퍼 보였다. 순간 내 눈을 보는 듯한 묘한 착시가 나타났다. 그럴 리 없지만 그래 보여서, 그 서러움을 알아서 나는 그저 침으로 뭉개진 귤을 꿀꺽 삼켰다.

노준우 순경은 경찰이 된 지 일 년 차라 여기가 첫 발령지라고 했다. 이제 갓 들어온 새내기 경찰이었다. 군대 다녀와서 대학교에 복학하지 않고 바로 경찰이 되었다니 나하고 나이가 딱 열 살 차이가 났다. 권 경위는 자기는 스물일곱에 경찰이 되어 이십이 년 차라고 했다. 그럼 나이가 마흔아홉. 엄마랑 같은 나이다. 근데 에너지 넘치는 권 경위와 달리 엄마는 마른 사과처럼 생기가 하나도 없다. 내가 알 수 없는 이유로 엄마는 스스로를 말려 가는 중이니까.

권 경위가 출출하다며 벽에 붙은 시계를 봤다. 오후 10시 23분. 노준우 순경은 휴대폰 앱으로 야식을 배달시켰다. 나를 어쩌겠다는 건지.

야식이 도착했다는 전화를 받고 나간 노준우 순경이 무하와 함께 들어왔다. 하필. 나는 깜짝 놀라 고개를 돌렸다.

"야, 너……."

무하는 답을 해 달라는 표정으로 권 경위와 노준우 순경을 차례로 봤다.

"서로 아는 사이야?"

권 경위 측은 예민했다. 무하가 당황한 듯 음식을 허둥지둥 꺼내 놓았다. 이 상황에서 안다고 해야 할지 모른다고 해야 할지 생각하는 것 같았다. 그건 나도 그랬다. 그렇지만 나는 무하 얼굴을 보자마자 내 편을 만난 듯 마음이 놓였다. 한편으로 안심도 됐다. 일단 내가 경찰서에 있다는 건 원지에게 전해지겠지. 내가 엄마를 데리러 못 간 이유만 설명되면 하룻밤 쯤이야 데리고 있어 줄 수 있지 않을까. 엄마만 실수하지 않는다면. 그래 준다면 이것저것 조심하라고 원지에게 일러 주고 싶지만 지금 내 영역 밖에 있으니 어찌해 볼 도리가 없다.

음식을 모두 꺼내 테이블 위에 올려놓은 무하가 나가자 권 경위가 따라 나갔다. 노준우 순경이 포장을 뜯어 상차림을 완성했는데도 권 경위는 안 들어오더니 한참 후 물기 묻은 손을 털며 들어왔다. 무하에게 내 정보를 캐낸 건가 싶었는데 아니었나 보다. 뭔가 더 묻지도 않고 나를 보는 눈빛에 전혀 변화가 없었다. 대신 나무젓가락을 갈라 내게 내밀었다. 떡볶이와 주먹밥 냄새에 배가 요동치고 있을 때라 사양하지 않고 받았다. 막 김 가루와 밥이 뭉쳐진 주먹밥을 입에 넣는데 전화벨이 울렸다. 노준우 순경이 전화를 받더니 상대의 말을 한참 듣고는 알겠다고 끊었다.

"청소년 쉼터요. 데리고 오라네요."

권 경위가 먹고 가면 되겠다고 답했다. 노준우 순경과 권 경위의 젓가락질이 빨라졌다. 내가 젓가락을 내려놓으며 말했다.

"저, 집 있어요."

"뭐? 집이 있다고? 어디? 너 어디에서도 검색 안 되던데?"

노준우 순경이 믿을 수 없다는 듯 마구 질문을 퍼부었다. 급히 삼킨 떡볶이의 매운맛 때문에 켁, 켁 거리면서. 권 경위는 나무젓가락으로 어묵을 들어 올리며 차분하게 말했다.

"그래? 같이 가면 되겠네."

어묵에서 붉은 고추장소스가 한 방울 뚝 떨어졌다.

찾아오는 사람들

노준우 순경이 운전하는 경찰차를 타고 할머니 집에 왔다. 함께 온 권 경위는 집 안 곳곳을 둘러봤다. 침대 발치에 세워진 트렁크를 보며 엄마는 어디 있냐고 물었다. 대답하지 않았다. 엄마는 내 사건과 아무 관련이 없다. 설령 내가 그 어리숙한 차 털이범들과 한패라 할지라도.

"넌 미성년자야. 아직은 보호받아야 하는 나이."

"그렇게 나 위하는 척하지 말아 줄래요? 적선하는 보호 따위 필요 없으니까."

"적선?"

한 톤 올라간 권 경위의 반문에 나는 일부러 점퍼를 벗어 탈탈 털었다. 거실 문까지 열어젖히며 머리에서 떠나지 않는 엄마 걱정을 몰아냈다. 노준우 순경이 손을 비비며 들어왔다. 권 경위가

"사진은?"이라고 묻자 그는 점퍼의 주머니를 손으로 톡톡 쳤다. 대문을 들어서면서 권 경위가 '257'이라고 적힌 파란 표지판을 툭툭 치며 '사진'이라고 말하던데 그걸 뜻하는 것 같았다. 그 표지판이 뭔지 좀 자세히 볼 걸 그랬다. 노 순경은 내게 "너 혼자 살아?"라고 물었다. 어떻게 혼자 살지? 아직 어린데? 안 위험해? 밥은? 안 무서워? 같은 무언의 질문이 눈에서 반짝였다.

"노 순경, 아직 엄마랑 살지? 엄마가 해 준 따뜻한 밥 먹고 출근하고 퇴근하면 수고했다고 엄마가 등도 두드려 주고."

"네. 어떻게 아셨어요?"

권 경위는 피식 웃었다. 노준우 순경은 그게 왜 이상하냐는 표정이다. 그 표정에서 집에서 찬밥을, 아니 혼밥조차 한 번도 먹어 본 적 없다는 뿌듯함이 묻어났다. 권 경위는 문득 생각난 듯 주방으로 가 밥솥을 열었다. 밥알 한 톨 안 들었을 그 밥솥을.

"알바한다며. 내일은 몇 시에 가?"

마치 내 일과를 다 아는 것처럼 자연스러운 질문. 그럼 그렇지. 권 경위는 무하에게서 내 정보를 캐낸 거다. 이미 알고 있었으면서 모르는 척 물으니 더 자존심 상하고 짜증스러웠다. 그렇지만 처음이다. 누군가 내게 내일의 일과를 물어 오는 것. 몹시 당황스러운데 내 귓바퀴에 훈훈한 김이 맴돌았다. 그래서 보일러 온도를 올리던 손짓을 멈춘 채 그냥 서 있을 수밖에 없었다. 어떻게 해야 할지 몰라서.

권 경위가 내 기분을 눈치챘다.

"용의자 관리 차원이야. 넌 아직 혐의를 완전히 벗은 게 아니니까."

경찰 특유의 용어와 딱딱한 말투였지만 여전히 따뜻했다. 그래서 난, 무하에게서 뭘 캐낸 거냐고, 알아서 뭐 하냐고 쏘아붙일 수 없었고 언제까지 죄인 취급할 거냐고 따지지 못했다. 그저 10시까지 가야 한다고 떫게 대꾸했다. 출근 전에 원지네 가게에 들러 상황을 설명할 생각이었지만 굳이 이 사람에게 말할 필요는 없을 것 같았다. 원지네는 일 끝나고 가도 되겠지.

권 경위는 내일 9시 20분까지 나를 데리러 오겠다고 했다. 옆에서 노준우 순경이 화들짝 놀랐다. 나를 혼자 두고 가면 안 된단다. 미성년자이므로 보호자나 보호 기관에 인계하는 게 원칙이라고.

"내가 책임질게. 가자."

권 경위는 벌써 현관에서 신발을 꿰어 신고 나갔다. 노준우 순경은 나를 보며 난처한 표정을 짓다가 "안 돼요, 경위님." 소리치며 허둥지둥 따라갔다. 조금 있으니 차에 시동이 걸렸고 멀리 사라지는 소리가 들렸다.

그대로 주저앉았다. 이를 악물었다. 버텨야 하는데 지쳐 가고 있다. 어깨에 힘을 빼며 몸을 옆으로 쓰러트렸다. 아무도 없고 나 혼자다.

나는 혼자이고 싶었던 적이 없다. 모두가 날 떠날까 봐, 내게서 멀어질까 봐 두려웠다. 그래서 늘 엄마의 시선이 향하는 곳을 따라다녔다. 교회에 오는 모든 아이에게 웃어 주고 머리를 쓰다듬고 삐뚤빼뚤 쓴 글씨에도 잘했다고 박수를 보내는 아빠의 뒷모습을 좇았다.

내가 일곱 살 때인가? 내 또래지만 나보다는 키가 조금 큰 여자아이가 자기 할머니를 따라 교회에 왔다. 이가 서너 개밖에 남지 않은 그 애 할머니는 캄보디아 말로 아빠랑 얘기를 나눴다. 그 여자애 손을 꼭 쥐고. 나는 그렇게 잡힌 손이 부러웠다. 내가 물끄러미 보자 그 애가 고개를 삐뚜름하게 꺾어서는 나를 쏘아보았다. 내 쪽으로 몰린 검은 눈동자 때문에 눈이 하얀 구슬처럼 보였다. 겁에 질린 나는 아빠 뒤로 숨었다. 아빠 바지춤을 잡았는데 할머니에겐 웃던 아빠가 이야기할 때 방해하지 말라며 엄한 얼굴로 나를 굽어보았다. 나는 바지춤을 슬쩍 놓고 뒷걸음쳤다.

그 애는 평일에도 교회에 와서 놀았다. 아빠는 그 애에게 글씨도 가르쳐 주고 노래도 가르쳐 주고 피아노도 가르쳐 줬다. 그때는 우리 집이 교회 옆에 붙어 있었는데 나는 엄마 때문에 나가지 못했다. 나도 애들이랑 놀고 싶다고 하니 아빠가 "엄마가 혼자 있으면 아프니까 하람이가 언제나 지켜 줘야 해."라고 말했다.

내가 방에 있는 엄마를 지키며 식탁 의자에 앉아 아빠가 쓰고 모아 둔 종이 뒷면에 닳아빠진 색연필로 그림을 그리고 있으면 으레 그 여자애 웃음소리가 들려왔다. 얼마나 즐거워야 저런 웃음이 나올까 싶었다. 내게도 한 번만, 딱 한 번만이라도 그렇게 웃을 일이 있으면 좋겠다고 생각했다. 그때마다 나는 웃는 얼굴을 그렸는데 내 눈에서는 눈물이 뚝뚝 떨어졌다. 참다못해 한 번씩 예배당 문틈으로 보면 아빠가 다른 애들 앞에서 그 애를 칭찬하고 있었다. 뭐든 야무지게 잘하는 애 같았다.

그러던 어느 날, 아빠가 애들과 예배당 마당에서 축구하고 있는 틈에 내가 피아노 앞에 앉았다. 딩동딩동 건반을 두드렸다. 조금 있으니 그 여자애가 땀범벅이 된 채 뛰어 들어왔다. 나를 잡아먹을 듯 노려보며 달려오기에 피아노 의자에서 일어나는데 그 애가 몸을 날려 내 머리끄덩이를 잡아챘다. 그러고는 마구잡이로 흔들었다. 나는 비명을 질렀다. 그래도 그 애는 멈추지 않았다. 그 애가 캄보디아 말로 지르는 소리가 내 비명과 섞여 예배당에 울렸다. 아빠와 아이들이 모두 예배당으로 몰려들어 왔다.

"보파, 보파."

아빠가 그 애 이름을 불렀다. 그제야 그 애가 내 머리카락을 놓더니 아빠에게 달려가 안겨 울었다. 아빠는 무릎을 바닥에 대고 그 애를 안아 다독여 줬다. 다른 애들도 모두 그 주위를 둘러싸고 울지 말라고 한마디씩 했다.

나는 뜯긴 머리가 너무 아팠다. 머리를 만지자 손가락 사이로 머리카락 한 뭉텅이가 걸려 나왔다. 눈물이 났다. 그때까지 나는 소리 내 울어 본 적이 없는데 그때 처음으로 아니 마지막으로 엉

엉 크게 울었다. 그 애보다 더 크게 울며 더 크게 소리 냈다. 그 애를 안고 있던 아빠가 나를 안쓰러운 눈으로 보더니 팔을 내밀었다. 내가 무릎걸음으로 아빠 곁에 가는데 그 애가 그 팔마저 낚아챘다. 아빠 손을 끌어다가 자기 눈물을 닦는 거다. 으앙, 울음소리를 키우면서. 아빠는 어쩔 수 없다는 듯 품에서 울고 있는 그 애를 데리고 예배당에서 나갔다. 다른 아이들도 따라 나갔다. 예배당엔 나 혼자 남겨졌다.

한참 뒤, 힘없이 집에 들어가니 할머니가 나 먹으라고 보내 준 시리얼을 아빠가 그릇에 담아 애들에게 먹이고 있었다. 내가 얼마나 아껴 먹고 있었는데. 나는 문 앞에 서서 울었다. 소리 없이 볼을 타고 주르륵 흐르던 눈물이 뜨거웠던 기억이 선명하다.

아빠는 달려와 내 눈물을 닦아 주지 않았다. 웃는 얼굴로 애들을 보낸 뒤 내게 말했다.

"하람아, 속상해도 우리가 참자."

그때 아빠가 내게 아팠냐고 물어봤던가. 모르겠다. 지금 내 기억엔 없다. 욱신거리는 내 머리를 살피고 잠든 나를 다독여 주었는지도 모르지만. 어쩌면 나를 안고 참아 줘서 고맙다고, 아빠가 미안하다고 말했는지도 모르지만 그런 감각의 조각은 내 몸 어디에도 남아 있지 않다. 다만 그 일로 아빠가 내 편이 아닌 걸 알았다. 아빠 옆은 내 자리가 아니었다. 예배당에 오는 성도들과 아이들의 자리였다. 전지전능한 하나님은 모든 사람을 똑같이 사랑한다 했지만 아빠는 사람이라 똑같이 사랑할 수 없다는 사실만 절실히 깨달았다.

그때 일을 생각하니 머릿속이 욱신거렸다. 비척대며 일어나 앉았다. 더듬더듬, 머리카락을 묶고 있는 고무줄을 빼냈다. 그리고 가닥가닥 땋여 있던 레게 머리를 풀었다. 캄보디아를 떠나올 때는 내가 아닌 내가 되기로 작정하고 나왔는데 아무리 벗어나려 해도 내가 아닌 '나'는 불가능한 일이었다. 더구나 기억에 얽혀 있는 내가 스스로를 옭아매는 것을 이제는 더 봐 주기 싫었다. 여기는 캄보디아가 아니다. 늘 뒷모습만 보이는 아빠도 없다. 엄마는……. 생각하자 깊은 한숨이 절로 나왔다. 한국으로 오는 비행기 티켓을 예매하기 전, 어쩌면 엄마와 다시 만날 수 없을지 모른다는 생각에, 그래도 나를 낳아 준 엄마라는 생각에 한국에 간다고 말했다. "나도 같이 가." 엄마 입에서 나올 거라고 생각지도 못했던 그 말을 왜 외면하지 못했을까. 왜 그 말이 그토록 간절하게 들렸을까. 왜 살려 달라는 호소로 들렸을까.

다 풀린 머리카락을 긁적이며 화장실로 가서 몸에 남은 기억의 잔재들을 박박 문질렀다. 아끼고 남기고 싶은 부분이 하나도 없는 게 좀 슬펐다.

개운하지 않지만 개운하게 자려고 눈을 감았다.

*

상대가 킥을 차기에 나도 킥을 찼다. 이런 건 고급 테크닉이다. 쉬워 보이지만 감각적으로 공격력을 갖춘 선수만 할 수 있는 기술. 이어 두세 번 킥의 난타가 이어졌다. 하얀 글러브를 낀 손으로 얼굴을 막고 왼손을 올렸다 내렸다 하며 상대의 시선을 유인했다. 그러나 상대는 흔들리지 않았다. 케이지*를 돌다가 내가 먼저 킥을 날렸는데 먹히지 않았다. 오히려 상대가 연타에 왼발 킥까지 무에타이 기술을 연달아 쏟아부었다. 거기에 미들 킥**까지.

상대의 발등에 맞은 내 갈비뼈가 쩍 갈라지는 것 같았다. 상대의 펀치력은 무시무시했다. 방심하면 안 되겠다는 생각에 어깨를 좁히며 양손 글러브 간격을 좁혔다. 그리고 중거리를 유지하며 타격을 날렸다. 이어진 상대의 난타.

상대는 확실히 나보다 주먹이 셌다. 왼쪽 귀와 광대뼈를 정확하게 맞은 나는 휘청거렸다. 그 순간 상대의 살벌한 헤드 킥이 날아왔다. 내 얼굴과 어깨가 한꺼번에 휙 날렸다. 나는 정신을 차리기 위해 스텝을 밟으며 눈을 부릅떴다. 내가 할 수 있는 것은 그것뿐이었다. 그 사실을 감지한 상대는 그대로 나를 따라 들어오며 엄

---

* 격투기 중에서도 미국의 UFC에서 사용하는 경기 무대의 철창. 링 대신 쇠 철창으로 되어 있다.
** 상대의 복부, 흉부, 늑골을 공격하는 발차기.

청난 연타를 쏟아 냈다. 내가 맥을 못 추자 허리를 잡고 바닥에 넘어뜨렸다. 아차 하는 순간, 내 양어깨가 동시에 매트에 닿았다. 나는 허리를 튕기며 반전을 꾀했다. 하지만 상대는 내 주먹을 팔로 감싸 가슴에 붙이며 봉쇄하더니 무릎이 꺾이는 관절을 걸어 함정을 팠다. 나는 빠져나오려고 상대 머리를 내리쳤는데 공간이 뜨는 사이 상대가 잽싸게 내 팔꿈치를 꺾더니 완벽하게 밀착하여 아주 촘촘하게 조여 왔다. 나는 두 다리로 상대의 허리를 걸려고 버둥댔다. 드디어 걸렸다.

*

눈을 확 뜨고 보니 이불이 다리에 칭칭 감겨 있었다.

실망감에 머리를 긁적이는데 현관문 비밀번호를 누르는 소리가 들렸다. 누구지? 링에서 피 튀기며 싸우려는 나지만 이런 공포는 소름 끼친다.

삐, 삐, 삐, 삐, 삐, 삐. 띠로릭.

손잡이가 돌아가고 문이 열리는 소리, 나는 가만히 있었다.

"누구 있어요?"

남자다. 신발을 벗고 쿵쿵 들어섰다.

똑, 똑.

내가 있는 방문을 노크했다. 대답해야 하나, 어떻게 해야 하나

결정하지 못했는데 노크 소리가 한 번 더 들렸다. 나는 후다닥 일어나 이불을 얼굴 높이로 들었다. 놈이 들어오는 순간 덮칠 생각이었다.

"누군데 남의 집에⋯⋯."

목소리가 익숙했다.

아빠 선배 김 집사님, 감초 삼촌이었다. 컴퓨터 공학 박사인데 전공과는 달리 감초를 재배한다고 했다. 형제가 없는 아빠와 어릴 때부터 같은 교회에 다니며 친형제처럼 지냈고, 거의 일 년에 한 번씩 캄보디아에 와서 밥을 사 주고 선교 후원금도 주고 갔다. 할머니가 캄보디아에 못 올 때 대신 할머니 김치를 가져다주기도 했다. 나는 머리카락을 손으로 묶으며 인사했다.

"하람아, 네가 왜 여기 있어? 어?"

감초 삼촌은 귀신을 본 것 마냥 놀랐다.

"어떻게 왔어? 말도 없이. 아빠도 온 거야? 엄마는?"

어떻게 설명해야 할지 난감했다. 삼촌의 반응을 보아 한 가지 확실한 건 아직 아빠가 감초 삼촌에게 연락하지 않았다는 거다. 엄마와 내가 갈 만한 곳에서 한국은 빼고 생각하겠지.

"너 이 녀석 그래서 얼마 전에 이 집 비밀번호 물어봤구나. 수상하다 했는데."

감초 삼촌은 방을 힐끔 들여다보더니 나 혼자 있는 것을 확인했다.

"설마 너, 혼자 왔어? 이 녀석이. 이게 무슨 일이야?"

나는 대답하지 않았다. 내 눈치를 살핀 감초 삼촌은 일단 알았다고 했다. 춥지는 않았냐고 묻고 언제 왔느냐, 며칠이나 있을 거냐고 물었다. 나는 이 질문에도 답하지 않았다. 여기서 무슨 일이 벌어지고 있는지 아빠에게 곧장 전해질 테니까.

감초 삼촌은 다가오는 설 연휴에 어떤 사람이 할머니 집에 쉬러 온다고 했는데 못 오게 해야겠다는 엉뚱한 얘기를 꺼내며 냉장고를 열었다. 얼굴을 드밀어 냉장고 안을 보더니 고개를 획 돌려 물었다.

"엄마는?"

눈치 빠른 감초 삼촌이 냉장고에서 없어진 술병을 보고 묻는 거다.

몰라요, 내가 어떻게 알아요, 그걸 왜 나한테 물어요, 같은 가당찮은 대답이 머릿속에서 두서없이 섞였다. 하지만 그 어느 것 하나도 입 밖으로 낼 수 없었다.

그때 밖에서 인기척이 들렸다. 감초 삼촌이 먼저 현관문을 열었다. 권 경위다. 시계를 보니 정확히 9시 20분.

권 경위와 감초 삼촌은 서로 누구시냐고 물었다. 권 경위는 습관처럼 "익산 경찰서 여성 청소년계 권세현……."이라고 말하며 명함을 건넸다. 눈이 휘둥그레진 감초 삼촌이 나를 돌아봤다. 권 경위는 내가 얽힌 사건에 대해 더 조사할 것이 있어 찾아왔다고 설명했다. 감초 삼촌은 경찰이 찾아온 것에 조금 놀란 것 같았지만 그리 험악한 분위기는 아닌 듯하다고 느꼈는지 일단 지갑에서 명함을 꺼내 권 경위에게 건넸다. 명함을 찬찬히 본 권 경위는 고개를 들며 내게 말했다.

"알바 가야 한다며? 어서 준비해."

내가 쭈뼛거리고 있으니까 "안 늦어?" 하며 재촉했다. 나는 화장실로 들어갔다. 두런두런 들리는 소리를 들으며 머리를 감고 양치하고 얼굴을 문질렀다. 밖으로 나오니 권 경위와 감초 삼촌이 하던 얘기를 멈췄다.

나는 수건으로 머리를 털며 모르는 척했다. 감초 삼촌은 일부러 나 들으라는 듯 언제 왔는데 알바까지 구했냐면서 "다 컸네." 하고 껄껄 웃었다. 말투나 표정으로 볼 때 비웃음은 아니었고 자잘한 대견함이 박힌 칭찬이었다. 감초 삼촌은 원래 그랬다. 그냥 무조건 나를 예뻐하던 할머니와 달리 내 행동을 보고 잘한다고 해주던 사람이었다. 애정을 가지고 나를 세심히 봐 주는 것 같아서 할머니와는 다른 느낌으로 좋았다. 그래서 감초 삼촌이 오면 나는 일부러 밥도 더 맛있게 먹으려고 했고 인사할 때도 허리를 숙였다. 열 살이 넘어가면서 부르지 않았던 찬양도 감초 삼촌이 오면 소리 내 불렀다. 그러면 언제나 "하람이 목소리 좋구나." "하람이는 농부들이 뿌듯하게 밥을 잘 먹네." "하람이 인사를 받으면 힘이 난다."라는 식으로 나를 봐 주었다. 그러면 아빠는 못 들은 척 다른 이야기를 꺼냈다. 야속하게.

감초 삼촌은 농장에 간다며 차에 탔다. 시동이 걸리는 소리에 뛰어가 아빠에게 아직 말하지 말라고 부탁했다. 내 바람대로 해 줄 것 같지 않지만, 걱정하지 말라는 그 말을 믿는 수밖에 없었다. 나는 권 경위 차에 탔다. 경찰차가 아니라 소형 SUV였다. 흰색.

"나 오늘 비번이다."

나는 그 말뜻을 몰랐다.

샌드위치 가게에 도착했다. 권 경위도 차에서 내렸다. 나는 인상을 구겼다.

"너, 알지? 아직 완벽하게 혐의를 벗지 않았다는 거."

"그 혐의 언제 벗겨 줄 건데요?"

"범인 잡히면?"

쳇. 나는 콧방귀를 뀌며 가게 안으로 들어갔다. 권 경위가 따라 들어왔다. 같이 온 사람이 엄마가 아님을 보고 사장은 누구냐고 물었다.

"아, 저는 익산 겨⋯⋯이, 이모입니다."

경찰이라는 말이 나올까 봐 내가 놀라 미간을 좁히자 권 경위가 얼른 말을 바꾸었다. 조카가 알바를 한다는데 어딘지 궁금해서 와 봤다며 일은 잘하냐고 어색하고 뻣뻣하게 물었다. 사장은 나무랄 데 없이 잘한다고 대꾸했다.

곧 권 경위가 차를 타고 사라졌다. 나는 사장에게 전화를 써도 되냐고 묻고 원지네 가게로 전화를 걸었다. 원지 엄마가 받았다. 말이 쉽게 안 나왔다.

"저……."

"하람이구나."

원지 엄마는 기다렸다는 듯 내 이름을 불렀다. 걱정 많이 했다는 투다. 누군가 내 걱정을 했다니. 생소한 이 느낌에 왼쪽 가슴이 싸르르 했다. 어젯밤 상황을 설명해야 했지만 누구에게 한 번도 내 사정을 시시콜콜 얘기해 본 적이 없는 나는 떨어지지 않는 입술만 오물거렸다.

원지 엄마는 "그래그래, 무슨 사정이 있겠지. 어쨌든 무사해서 다행이다."라고 나를 다독였다. 그러면서 엄마는 잘 있으니 염려 말라며 알바 끝나면 가게로 들르라고 했다.

"네, 감사……."

말을 끝맺지도 못하고 목이 멨다. 몇 번이나 봤다고 나를 믿어 주는 게 고마웠다. 사장은 무슨 전화를 듣기만 하고 끊냐면서 혹시 엄마에게 무슨 일 있냐고 물었다. 훅 들어온 관심에 나는 아니라고 한 발 뒤로 주춤 물러났다.

"그럼 다행이고. 어제 너 가고 내가 너무 매몰차게 대한 건 아닌지 미안했어. 너도 사정이 있는 것 같은데."

사장은 씻은 과일을 진열장에 정리하면서 말했다. 나에게 눈길도 안 주고. 그렇지만 무뚝뚝한 그 말투와 표정 속에 감춰진 말랑말랑한 진심이 보였다. 은은하게 올라오는 단맛이었다.

정신없이 포스기에 주문이 뜨고 손님이 들이닥쳤다. 중간에 무하가 콜을 받고 와서 괜찮은지 물었다. 바빠서 딱 거기까지 묻고 나갔다. 그렇게 몇 번을 오가며 "괜찮지?" 하고 물었다. 끝내 내가 고개를 끄덕이며 피식 웃을 때까지.

2시가 넘어가자 한숨 돌릴 시간이 났다. 쌓여 있는 컵을 씻는데 원지가 왔다. 아직 설명할 준비가 안 된 나는 바쁜 척하며 설거지를 마저 하고 소독기에 컵을 넣었다. 몇 분 뒤 배달 옷에서 운동복으로 갈아입은 무하도 왔다. 원지는 오지 말라니까 왜 오냐면서 하람이가 그렇게 걱정되냐고 따졌다. 무하는 아니라고 손사래 치면서 닭가슴살샌드위치와 사과바나나주스를 세 개씩 주문했다. 포장할 거냐고 물으니 먹고 가겠다고 했다.

"셋이 친구야?"

사장이 물었다. 친구라는 낯선 단어에 선뜻 대답하지 못하고 있는데 원지가 나섰다.

"네, 사장님. 친구예요. 두 친구는 장래가 촉망되는 UFC 선수고요, 저는 매니저. 한 팀이죠."

원지의 소개는 그럴듯했다.

"사장님, 작전 좀 짜려고 하는데 하람이 저희랑 잠깐 샌드위치 먹어도 될까요?"

사장은 알겠다고 하면서 샌드위치를 만들었다. 내가 사과와 바나나를 갈 때 무하와 원지는 빈자리를 찾아 앉았다. 포스기에 주문이 떠서 음료 다섯 잔을 더 만들고 가게에 들어온 손님 커피를 한 잔 내렸다. 그러다 보니 어느새 알바 끝날 시간이 되었다.

"오늘 정신없었다. 수고했어. 앉을 틈도 한 번 없었지?"

사장은 웃으며 일당을 주었다. 통장을 만들면 편하겠다는 말에 그제야 은행 생각이 났다. 어찌 됐든 어제 받은 돈과 합한 금액을 생각하니 든든했다.

원지와 무하는 나를 기다리느라 샌드위치도 음료도 안 먹고 있었다. 원지가 공원에 가서 먹자고 해 포장하고 있는데 권 경위가 왔다.

"끝났니?"

이제야 비번이 무슨 뜻인지 알았다. 그러니까 권 경위는 자신이 쉬는 하루 내내 나를 따라다닐 거라는 말이었다. 나는 권 경위에게 대꾸하지 않고 서둘러 음료를 포장해서 가게를 나왔다. 권 경위가 따라 나오며 어디로 가느냐고 물었다.

"아직 범인 안 잡혔어요?"

나는 짜증이 나 쏘아붙였다. 원지가 권 경위에게 "누구세요?" 하고 물었다. 무하가 원지를 끌어당겼다. 넌 빠져, 끼어들지 말라고 속닥이는 소리가 다 들렸다.

"나는 익산 경찰서 경찰이야."

"경찰요?"

원지가 무하 팔을 뿌리치며 되물었다. 무하도 원지 엄마도 내가 경찰서 간 일을 비밀로 했나 보다. 원지는 권 경위에게 바짝 다가가며 말도 안 되는 질문을 던졌다.

"지금 우리 미행하시는 거예요?"

권 경위는 몰래 뒤쫓는 게 아니니까 미행은 아니라고 했다. 덧붙여 지금 수사 중이라면서 원지에게 어제저녁 8시에 어디에 있었는지 물었다.

"지금 뭐 하시는 거예요?"

나는 소리를 버럭 질렀다. 권 경위의 말보다 내 소리에 놀란 원지가 내 팔을 잡았다. 권 경위는 눈 하나 끔쩍하지 않았다. 나는 지금 용의자이며 사건은 해결되지 않았으므로 주변 인물을 조사할 필요가 있으니 수사에 협조하라고 했다. 그 말 자체가 어처구니없어 하늘에 대고 "하악!" 거친 숨을 뱉었다.

권 경위는 여기서 길게 할 얘기는 아니니까 어디 가서 얘기하자고 했다. 체육관에 가야 한다는 무하 말에 권 경위가 태워다 준다고 나섰다. 나는 뛰어가겠다고 고집부렸다. 저 오지라퍼 권 경위와 더 엮이고 싶지 않았다. 더구나 내게는 들를 곳도 있었다.

"체육관에서 보자."

나는 무하와 원지에게 소리치며 내가 가야 할 길로 내달렸다.

엄마의 생일

원지 엄마는 김밥을 포장하고 있었다. 가게로 들어서는 내게 눈 인사를 건네는 와중에도 썰린 김밥을 용기에 넣고 깨를 뿌리고 뚜껑을 닫아 종이 가방에 넣었다. 기다리던 사람이 젓가락 두 개를 넣어 달라고 했다. 원지 엄마는 단무지까지 넉넉하게 주겠다며 환히 웃었다. 손님을 배웅한 원지 엄마는 비닐장갑을 벗고 한달음에 내가 앉은 테이블로 왔다.

얼굴 가득 걱정이 묻어 있었다. 엄마도, 이모도, 사촌도, 이웃도 아닌데. 그저 딸과 조금 아는 사이일 뿐인 나를 왜 이렇게까지 걱정해 주나 싶었다. 그래서 무슨 일이냐고 묻는 원지 엄마에게 어젯밤 내게 일어난 일을 말하지 않을 수 없었다. 누군가와 마주 보며 내 사정을 얘기하는 것. 이제까지 내 인생에 없었던 장면이다.

"그랬구나. 범인이 빨리 잡혀야 네가 편하겠다."

이야기를 다 들은 원지 엄마는 얼마나 놀랐냐면서 내 손을 다 독다독해 주었다.

그 손이 가볍게 내 손등에 닿을 때마다, 엄마 아빠에게 바로 이 장면을 기대했던 많은 순간이 머릿속을 스쳤다. 원지 엄마는 내 맘을 아는 걸까. 이제 그 순간들을 잊고 기억에서 몰아내라는 듯 내 손등을 쓸어 주기까지 했다.

"죄송해요. 어젯밤에는······."

"죄송하기는. 무하에게 전화 받고 얼마나 걱정했는지. 너 혼자서 많이 놀랐지? 나라도 경찰서로 가 봤어야 하는데 못 가 봐서 미안하다."

"아, 아니에요."

내가 더 놀랐다. 기꺼이 내 보호자가 되어 주겠다는 사람이 있다니.

띠링, 띠링, 띠링. 포스기에 주문이 떴다. 원지 엄마는 포스기를 확인하고 김밥을 말았다.

"그런데 너희 엄마 어쩜 아이를 그렇게 예뻐하니. 책도 잘 읽어 주고. 그토록 씻기 싫어하는 애가 네 엄마가 샤워하자니까 스스로 옷을 벗더라니까. 이도 닦고. 딱 붙어서 떨어지려 하질 않아. 어젯밤에도 너희 엄마랑 함께 잤잖아."

그 아이는 세 살 남자애이고 이름이 '유준'인데 엄마는 자꾸 '예찬'이라고 불렀다고 한다. 할머니가 처음에는 몇 번 이름을 고쳐 주다가 나중에는 그냥 놔뒀단다. 원지 엄마는 '예찬'이가 누구냐고 물었다.

나는 전혀 들어 보지도 못한 이름이었다. 아빠는 형제가 없고 엄마는 보육원에서 자랐다. 그러니 내게 사촌이 있을 리 없고 캄보디아에서 만났던 한국 애들 중에도 내가 아는 한 예찬이란 애는 없었다.

원지 엄마는 어젯밤 내 상황을 엄마에게 알리지 않았다고 한다. 물어보면 어떻게 말해야 하나 고민했는데 엄마가 "기도하러 갔나 봐요."라고 했단다. 세상에. 기도라니. 엄마는 내가 소리치고 나갔던 날 밤을 기억하는 것이다.

포스기에서 주문 알림이 계속 뜨자 원지 엄마는 집으로 가 보라며 아파트 동과 호수를 알려 줬다.

*

내가 기도하러 간다고 소리치고 나온 밤, 그날은 엄마 생일이었다. 내가 열 살이 되고 백 일쯤 지난 날. 아침 일찍 아빠가 나가는 소리에 잠이 깼다. 조금 이른 시간이지만 세수하고 이를 닦고 머리를 빗고 옷을 입으며 학교 갈 준비를 마쳤다. 엄마가 깨지 않도록 조용히 나가면 될 것 같았다. 그런데 현관문에 노란 메모지가 정확히 내 눈높이로 반듯하게 붙어 있었다.

하람아, 오늘 학교 가지 말고 집에 있어.

용건만 간단히. 할 말만 딱. 명령이다. 벽에 걸린 월간 계획 보드판을 봤다.

9월 25일
지은이 생일
세계 선교 학교 운영 회의
새벽 예배 후 프놈펜으로 출발

일 년에 주기적으로 엄마 상태가 아주 심각해지는 날이 며칠 있었는데 엄마 생일도 그중 하루였다. 한동안 잠잠하다가도 엄마는 자기 생일에는 항상 더 우울하게 보냈다. 아빠는 그런 엄마를 살뜰히 챙겼고, 집 안 공기는 언제 터질지 모르는 폭탄을 품고 있는 듯 긴장감이 흘렀다.

이를 너무도 잘 아는 아빠는 엄마 생일에는 외부 일정을 안 잡는데 그날은 어쩔 수 없었나 보다. 냉장고를 열어 보니 대나무밥과 만두가 준비돼 있었다. 망고는 깍두기 모양으로, 망고스틴은 껍질을 까 하얀 속살만 각각 다른 유리통에 들어 있었다. 밥과 간식으로 엄마에게 챙겨 주라는 무언의 아빠 지시이다. '그동안 아빠가 엄마에게 하는 것 봤지?'라고 그 통들이 묻고 있었다. 왜 내가 좋아하는 카레, 내가 잘 먹는 용과는 없냐고 따지고 싶었지만 냉장고 문을 힘껏 닫는 것으로 내 불만을 뿜었다. 시원하지도 후련하지도 않았다. 오히려 아빠의 챙김을 받는 엄마에게 부러움을 넘어 질투가 났다.

"나도 아플 거야."

혼잣말을 하며 내 방에 들어갔다. 그러나 아프지 못했다. 혹시 엄마가 나오지 않을까 방 밖에서 나는 소리에 귀를 쫑긋 세우고 뒹굴었다. 그러다 잠이 들었다 깼다. 낮 12시가 훌쩍 넘어 있었다. 얼른 나가 보니 엄마가 TV를 보고 있었다. 소리는 끄고 영상으로만. 건드려서는 안 된다는 신호였다.

나는 가만가만 접시에 대나무 밥을 까서 담고 만두를 전자레인지에 데웠다. 그리고 망고와 망고스틴이 든 통의 뚜껑을 열었다. 달큰한 과일 향에 침이 절로 고였다. 하나 집어 먹고 싶은 마음이 굴뚝 같았으나 오늘은 무조건 조심해야 한다. 예민해져 있는 엄마 신경을 쩝쩝거리는 소리로 조금이라도 건드리고 싶지 않았다.

엄마는 먹으려고 하지 않았다. 오히려 쟁반에 음식을 가져간 나를 피해 일어났다. 그러고는 전기 주전자 버튼을 눌렀다. 드립백 커피를 컵에 걸더니 멍하니 그 앞에 서 있는 거다. 나는 그 뜻을 안다. 혼자 있고 싶으니 자기 눈앞에서 꺼져 달라는 거. 나는 잠자코 일어나 방으로 들어갔다.

조금 있으니 커피 향이 퍼지고 엄마의 쩝쩝 소리가 느리게 들렸다. 나도 배가 고팠지만 지금은 먹을 때가 아니었다. 엄마 옆으로 가면 먹던 걸 멈출 게 분명하다. 그럴 때면 이제 나 먹으라는 뜻인지, 나랑은 안 먹겠다는 뜻인지, 다 먹었다는 뜻인지 헛갈린다. 아빠랑 먹을 때는 그나마 나은데 나랑 단둘이 먹을 때는 서로 말이 없어 어색했다. 무슨 말을 해야 하나 생각하는데 딱히 할 말이 없는 거, 아무것도 궁금한 사항이 없는 거, 아니 궁금한데 답을 안 해 줄 것 같아 묻지 못하는 거 무지 어렵고 불편한 일이다. 그래서 어떨 땐 아빠가 올 때까지 굶기도 했다.

　물소리가 나고 설거지하는 소리가 났다. 나는 책상 서랍에 있던 시리얼을 꺼내 오물거리며 할머니 생각을 잠깐 했다. 그 뒤 숙제를 했던가? 책을 봤던가, SNS를 떠돌아다녔던 것 같기도 하다. 아무튼 시간이 훌쩍 흘렀다. 엄마가 뭐 하는지 궁금했다. 살짝 방문을 열고 나갔다. 엄마의 작은 몸집이 소파에 푹 잠겨 뒤통수만 살짝 보였는데 벽면에 걸린 TV에서는 난투극이 벌어지고 있었다. 소리를 키우면 흥분한 아나운서가 쉴 새 없이 치고받는 상황을 큰 소리로 떠들어 댈 테지만 소리를 죽여 놓은 탓에 경기장이 떠나가라 내지르는 관중의 벅찬 환호도 야유도 응원도 모두 잠잠했다. 대신 불끈 쥔 엄마 주먹의 도드라진 뼈가 노랗게 비명을 내지르며 그 모든 것을 대체했다.

　여자 선수들 경기였는데 입에서 피가 터져 뿜어지고 주먹에 맞아 얼굴이 돌아가는 장면들이 슬로우 모션으로 나왔다. 보고 있으니 내가 맞고 터지는 것 같아 아프고 고통스러웠다. 그런데 엄마는 눈을 떼지 않고 뚫어져라 봤다. 내가 그토록 원하던 눈길이 저렇게 사납게 경기하는 선수들에게 꽂혀 있다니. 그러고 보니 엄마는 이전에도 이 격투기 채널을 자주 봤다. 그때는 채널을 돌리다 잠깐 보는 거라고 생각했는데 아니었다. 지금 몇 시간째 저 격투기를, 때리고 차고 조르고 버티는 경기를 찾아보는 것이다.

'내가 저 경기에 나가면 엄마가 나를 봐 줄까.'

'주먹에 터지고 킥에 나가떨어지면 내게 달려와 줄까.'

'저렇게 잘 버티면 나를 응원해 줄까.'

엄마의 시선처럼 내 생각도 그 격렬한 종합 격투기 경기에 꽂혔다.

학교 가는 길 나무에 매달려 있던 샌드백이 생각났다. 가끔 꽁지 머리를 묶은 아저씨가 그 샌드백을 치며 운동했다. 애들 말로는 샌드백이 걸린 큰 나무 뒤 은색 건물이 체육관이라고 했다. 어떤 남자애가 자기 형이 거기 다닌다면서 선수로 훈련하고 있어서 공짜라고 떠들어 댔다. 그러거나 말거나 관심도 없던 곳이었는데 이제 내가 갈 이유가 생겼다. 마음이 급해졌다. 엄마가 TV에 빠져 있는 동안 잠깐 나갔다 오면 될 것 같았다. 시계를 보니 5시였다. 오늘은 금요일. 7시에 심방 예배가 있으니 아빠는 곧 올 거다.

나는 살며시 집에서 나와 뛰었다. 숨이 턱 끝까지 차도록.

*

원지 엄마가 알려 준 주소를 따라 원지네 집에 도착했다. 문을
열어 준 건 원지 할머니였다. 엄마는 유준이와 놀이터에 나갔다
고 했다. 나는 죄송하다고 인사하며 나오는데 할머니가 나를 잡
았다.

"느그 엄마, 여기가 쫌 아픈 갑더라."

할머니는 가슴팍을 둥글게 문질렀다.

"네?"

"우리 유준이랑 잘 놀아 주는데 여그가 많이 아픈 눈이여."

할머니가 이번에는 가슴을 다독였다. 엄마는 밤새 잠을 못 이
루고 뒤척였다고 한다. 새벽녘 잠결에는 "미안해. 정말 미안해.
내 잘못이야. 다시, 다시는……." 하면서 너무나 슬프게 흐느꼈단
다. 그러면서 할머니는 나하고 엄마 사이에 무슨 일 있느냐고 물
었다. 아니라고 하자 할머니는 "그렇다면 너희 엄마가 말 못 하고
가슴에 꽁꽁 얹힌 게 있는 갑다."라면서 내 등을 토닥여 주었다.
그러고는 "어린 네가 고생이다."라고 했다. 할머니에게는 내가 보
이나 보다. 아픈 엄마가 아니라 그 옆에서 어쩔 줄 몰라 하는 내
가. 그 시선에 콧대가 시큰해졌다.

놀이터에 가니 엄마가 유준이라는 아이에게 시소를 태워 주고
있었다. 한쪽에 앉히고 반대쪽에서 손잡이를 잡고 올렸다 내렸다

하면서. 찬 바람에 행여나 감기라도 들세라 유준이를 모자에 장갑, 목도리와 마스크까지 단단히 단속해 나온 거였다. 반면 엄마는 버스 정류장에서 만난 할머니가 준 얇은 패딩 하나로 찬 바람을 견디고 있었다. 엄마가 유준이에게서 눈을 떼지 않고 계속 말을 걸며 놀아 주는 모습. 생소하다 못해 신기했다. 엄마도 저럴 수 있는 사람이라니. 하나밖에 없는 딸에게조차 저렇게 못 하는 사람 아니었나. 나는 더 다가가지 못하고 그대로 등을 돌렸다.

찬 바람이 가슴속까지 파고드는 것 같았다. 춥다. 몹시 춥다. 그래서 뛰었다. 이럴 거면 왜 나를 낳았느냐고 분하게 생각할 필요는 없다. 억울할 이유도 없다. 임신과 출산은 내가 선택한 게 아니라 엄마가 선택한 일이고, 그 선택권자인 엄마가 나를 외면하기로 결정했다면 그 또한 엄마의 마음 아닌가. 그 결과가 나에게 지대한 영향을 미친다는 건 불합리하지만 내 선택이 아니니 따지고 들 일도 못 된다.

그러니 지금 내가 갈 곳, 이 상황을 피할 곳이 있다는 것만이 내겐 최소한의 위안이었다. 그곳에 가서 애타게 나 한 번만 봐 달라고 갈구하는 이 못난 심정을 후려갈겨 줄 거다. 가당찮은 것을 바란 죄다. 죗값은 달게 받아야 하는 법. 쓰러질 때까지 얻어터져야 한다. 죽으면 어쩔 수 없는 걸로 하자. 내가 없던 원 상태로 돌아가면 원상 복귀. 게임 끝!

*

　그날, 엄마의 생일, 내가 TV에 꽂힌 엄마를 놔두고 뛰어간 그곳
은 말이 체육관이지 흙바닥에 겨우 비가림 시설만 되어 있었다.
쇠 파이프를 용접해 만든 링이 체육관의 반을 차지하고 샌드백과
타이어가 두 개씩, 아령이 크기별로 나란히 놓여 있었다. 그냥 와
본 건데 가슴이 뛰었다. 빨간 운동복 바지를 입은 두 사람이 링에
서 스파링하다가 나를 보더니 멈췄다. 어떻게 왔냐고 묻기에 운동
하고 싶다고 했다. 코치가 자리를 비웠으니 올 때까지 기다려야
한단다. 나는 무턱대고 기다렸다. 해가 지고 있다는 것도 모른 채.
　운동하던 사람들이 집에 간다기에 시간을 확인했더니 저녁 7시
가 넘었다. 코치는 그때까지 오지 않았다. 나는 헐레벌떡 뛰어 집
으로 왔다.
　예배 시간인데 예배당 불이 꺼져 있었다. 교인이 한 명도 없었
다. 아빠가 아직 안 돌아온 건가. 예배 시간을 철칙으로 지키는 아
빠가 그럴 리가 없는데 이상했다. 집 문도 열려 있었다.
　예배당으로 가 불을 켰다. 찬송가며 방석이 여기저기 흩어져 있
었다. 그리고 나뒹구는 와인 병 하나. 아빠의 울음 섞인 기도 소
리. 강대상 뒤였다. 아빠는 그곳에서 무릎을 꿇고 엎드려 맞잡은
두 손으로 바닥을 치며 기도했다.
　술에 취해 아빠 앞에 쓰러져 있는 엄마. 잔뜩 웅크린 채 바들바

들 떠는 모습이 갓 태어난 사슴 같았다. 이런 비극적 상황에 나는 놀라 자빠지기보다 엄마가 너무 불쌍하다는 생각이 먼저 들었다. 바닥으로 떨어지는 묽은 콧물, 말라 가는 눈물이 너무 괴로워 보여서 나까지 눈물이 났다. 아빠의 기도만으로는 안 될 것 같았다. 주뼛거리며 엄마에게 다가갔다. 그리고 납작 엎드려 엄마를 끌어안았다. 그런데,

엄마가 나를 확 밀쳐 냈다. 내가 벽에 맞고 튕겨 나올 만큼 강한 힘이었다. 그러고는 맹수가 먹잇감을 보고 으르렁거리듯 "울지 마!"라고 소리쳤다. 술에 취해 제정신이 아닌 상태였는데도 나를 쏘아보고 화염을 뿜어냈다. 그래서 불쌍한 엄마, 안쓰러운 엄마는 내 눈앞에서 꺼지고 미운 엄마, 원망스런 엄마, 내 설움을 그대로 앙갚음당해야 하는 엄마만 보였다. 나는 벌떡 일어나 엄마를 향해 성큼성큼 걸어갔다. 그리고 있는 힘껏 밀어 버렸다.

풀썩.

바닥으로 나동그라진 엄마를 보며 후련했다. 이 일로 천국에 못 가도 괜찮을 만큼. 잘못했으니 용서해 달라고 회개하지도 않을 거다. 나는 씩씩거리며 아빠에게 부축받는 엄마를 쏘아보았다. 아빠는 제 몸도 못 가누는 엄마를 안고 내게 소리 질렀다.

"너, 이게 무슨 짓이야. 아픈 엄마에게!"

내 콧김은 더 뜨거워졌다. 내가 무슨 짓을 했는지 보고도 몰라. 엄마 아픈 적 없어. 술 취한 거야. 주정뱅이. 이런 말들이 머릿속

을 떠돌았다.

"사과해!"

"싫어! 내가 왜 사과해. 내가 뭘 잘못했어! 술주정뱅이!"

짝!

내 고개가 돌아가며 그대로 바닥에 쓰러졌다. 내가 쓰러졌는데 아빠는 나를 부축해 주지 않고 그대로 나갔다. 예배당 문을 쾅 닫으며 "기도해!"라고 소리쳤다.

엄마가 그 '기도'를 기억하고 있다는 게 웃겼다. 누구 때문인데.

*

체육관에 도착했다. 바로 화장실로 가 세수 먼저 했다. 달리면서 펑펑 운 탓에 얼굴이 팅팅 부어 있었다. 빌어먹을. 찬 바람도 부어오르는 내 울분을 다스리지 못했다. 그 어느 것도 내 편이 되어주지 않는다. 물이 뚝뚝 떨어지는 채로 체육관에 들어섰다.

멀리서 원지가 나를 보고는 득달같이 달려왔다. 같이 샌드위치를 먹기로 해 놓고 혼자 가 버리면 어쩌냐며 씩씩거리다 내 상태를 보고는 자기 입을 틀어막았다. 휘둥그레진 눈으로 바짝 다가서더니 무슨 일이냐고 소리치며 허둥지둥 수건을 찾았다.

권 경위와 관장은 얘기 중이었다. 분명 내 얘기를 했을 텐데 둘의 표정이 진지했다. 허리를 꾸벅 숙여 인사했더니 권 경위가 나를 향해 몸을 일으키는 것이 보였다. 나는 고개를 들지 않고 그대로 탈의실로 향했다. 원지가 닦고 가라고 소리치며 따라왔다. 권경위 것인지 관장 것인지 모를 깊은숨도 내 뒤통수에 따라붙었다. 뜨거웠다.

곁에 있는 기분

　무하는 땀으로 범벅이 되어 스파링 중이었다. 나를 보고는 상대에게 손을 들어 타임을 알리고 내게로 오더니 괜찮냐고 물었다. 딱히 안 괜찮을 것도 없어서, 당장 죽어 나갈 만큼 아픈 것도 아니고 난리가 난 상황도 아니라서 괜찮다고 고개를 끄덕여 주고 핸드랩을 감았다.

　"괜찮기는 뭐가 괜찮아. 울었으면서. 야, 넌 얘가 괜찮아 보여서 괜찮냐고 묻는 거야? 저 경찰이 한 이야기 다 들었으면서? 이럴 때는 무슨 일이야? 저 경찰 말이 다 사실이야? 진짜 재수 없게 걸렸다. 다친 데는 없지? 뭐 이런 걸 물어야지. 내 참."

　원지는 말을 폭포처럼 쏟아 내면서 수건으로 젖은 내 머리카락을 닦아 주었다.

　"레게머리 잘 어울렸는데 왜 풀었냐. 너도 한 성깔 하지? 딱 보

116

면 안다."

투덜대는 것인지 아니면 원지 나름의 위로인지는 모르겠으나 언제든 자기가 다시 땋아 주겠다고 종알거렸다. 혼자 쉴 새 없이 떠들어 대는데 이토록 사람 말이 기분 좋게 들린 건 오랜만이다. 내 편에서 말해 주고 있는 게 틀림없으니까. 보호자도 아닌데 내 기분까지 세심하게 살펴 주니까.

핸드랩을 감다 말고 원지 손에 들린 수건을 빼앗아 얼굴을 묻었다. 무하가 "괜찮지?" 하며 내 등을 툭툭 쳐줬다. 아씨. 난 이런 응원 익숙하지 않다. 잘 참고 있었는데 나더러 어쩌라고. 물러 터진 내 속을 들키기 싫어 일부러 멀리 있는 줄넘기를 가지러 뛰어갔다.

줄넘기로 몸을 푸는데 관장이 무하와 나를 불렀다.

"오늘은 6시 30분까지 운동하고 함께 저녁 먹자."

원지가 옆에서 호들갑스럽게 "무조건 고기!"라고 외쳤다. 그렇잖아도 무하 시합이 얼마 남지 않아 고기로 영양 보충해야 하는데 잘됐다면서 역시 관장님이라고 추켜세웠다. 사무실 쪽을 봤는데 권 경위 모습은 보이지 않았다.

두툼한 삼겹살이 한창 노릇노릇 구워질 때쯤 권 경위가 식당으로 왔다. 내 옆에 앉아 있던 관장이 일어나며 자리를 옮겨 앉았다. 내가 인상을 쓰며 젓가락을 내려놓자 권 경위는 그렇게 격하게 환영해 줄 필요 없다며 자리에 앉았다. 그러고는 잘 구워진 고기 한 점을 내 앞접시에 놓아 주었다. 이건 뭔 짓인가, 무슨 뜻인가. 어안이 벙벙한데 원지가 끼어들었다.

"형사님, 운동하는 사람들은 한 번에 두 개."

그러면서 기름이 지글거리는 고기 한 점을 새로 집어 내 앞접시 위 고기에 포개어 놓았다.

"그리고 이것도."

무하는 된장을 찍은 고추 한 토막을 그 위에 얹었다. 그러자 원지가 "먹어라, 먹어라." 했다. 무하가 따라 하고 관장과 권 경위가 나를 쳐다봤다. 나는 뻘쭘해서, 이런 상황이 당황스러워서 후다닥 입에 몰아넣었다. 원지는 손뼉을 치더니 콜라를 들고 건배하자고 했다. 이 사람들이 왜 이러는지 정신이 없었다.

하지만 주위에서 나를 주목하고 챙겨 주는 게 내 생에 처음 있는 일이라 솔직히 좋았다. 누가 안 본다면 한바탕 웃고도 싶었고.

무하가 SNS에서 내게 처음 받은 메시지 이야기를 하는 바람에 화제가 내게 쏠렸다. 내 이름을 불러 주면서 운동에 소질이 있는 것 같다고, 동그란 두상이 예쁘다고, 첫인상이 날카롭고 고집이 세지만 마음은 여린 것 같다고 해 주는 거. 부모님도 알아주지 않는 것을 겨우 두세 번 본 사람들이 이렇게 아는 척하는 건, 그래서 꽁꽁 언 내 마음에 더운 바람을 넣는 건 반칙 아닌가.

고기를 오물거리는데 다음 이야기는 관장의 운동선수 시절로 넘어갔다. 관장은 보기와는 다르게 자신이 치른 경기를 현장에서 보는 듯 생생하게 들려줬다. 플라잉 니 킥으로 이름 날렸던 전성기 때뿐 아니라 상대의 뒤 후리기에 턱을 맞아 다운당했을 때는 겁에 질려 링 위에서 도망 다닌 흑역사까지. 결국 잡혀서 또 다운당했는데 창피해서 이대론 집에 갈 수 없다고 이를 갈았단다. 그리고 3라운드가 펼쳐졌는데 상대가 힘이 떨어져 휘청거리는 것을 보고 화려한 타격 쇼를 펼쳤다며 주먹을 허공에 날렸다.

"그때 알았지. 격투기에서 정말 중요한 건 힘도 체격도 기술도 아닌 정신력이라는 거!"

권 경위가 고개를 끄덕이며 열심히 듣자 관장이 권 경위를 보며 물었다.

"권 경위님도 운동 좀 하셨죠?"

권 경위가 손사래 쳤다. 자신은 운동에 영 취미 없다고. 그러자 관장이 재차 물었다.

"경찰은 체력 시험을 보기 때문에 운동 안 할 수가 없죠. 솔직히 뭐 하셨어요?"

권 경위는 쑥스럽다는 듯 답했다.

"무에타이 조금."

무에타이라는 말에 무하와 원지 눈이 휘둥그레져 "진짜요?" 하고 물었다. 권 경위는 초등학교 5학년부터 고등학교 졸업할 때까지 했다며 단증이 있어서 경찰 시험 볼 때도 가산점을 받았단다.

관장은 무에타이는 생각지도 못했다면서 어쩌다 그 험한 운동을 하게 되었냐고 물었다.

"그냥 그때는 뭐든 차고 때려야 했어요."

권 경위의 쓴웃음이 무척 슬퍼 보였다. 어제 경찰서에서 마시던 커피잔 위로 보였던 그 눈에 든 슬픔이었다. 저런 사람은 부족한 것 하나 없어 보이는데 왜 슬플까. 내 눈에 왜 저 슬픔이 보일까. 무하도 궁금했던지 손 위에 든 상추에 고기를 얹다가 젓가락을 내려놓으며 "왜요?"라고 물었다. 마치 자기도 그렇다는 듯.

"음, 이유? 누구나 그럴 이유 하나쯤 갖고 있지 않을까?"

권 경위는 그 이유를 떠올리는 듯 물을 한 모금 마셨다. 원지는 사람은 아니고 수학은 때려눕히고 싶다며 주먹을 크게 휘둘렀다. 그 바람에 콜라병이 넘어지면서 숯불 위로 쏟아졌다. "치익!" 소리와 함께 솟아오르는 하얀 연기. 그 상황을 정리하느라 그 대화는 거기서 끝났다. 그리고 볶음밥까지 싹싹 긁어 먹은 뒤 식당에서 나왔다.

관장은 헤어지기 전에 권 경위에게 언제 종합 격투기 경기 관람을 함께 가는 게 어떠냐고 물었다. 생각지도 못했는데 운동하는 경찰을 만난 게 반가운 것 같았다.

"저야 좋죠. 언제든지요."

"그럼 이번에 같이 가요."

무하가 적극적으로 나섰다. 이번? 같이? 나는 귀가 번쩍 뜨였지만 무슨 말인지 몰라 멀뚱거렸다. 관장은 이번엔 너무 빠르고 차에 빈자리도 없다며 방어했다. 다음 시합 일정이 잡히면 미리 연락하겠다면서.

고맙다는 권 경위의 대답을 들은 관장은 체육관을 정리한다며 갔다. 우리는 권 경위 차를 타고 원지네 가게로 갔다. 가면서 원지가 전화로 출발을 알린 덕분에 엄마가 '담뿍'에 와 있었다. 원지 할머니와 유준이라는 아이까지. 유준이는 엄마에게 안겨 목을 꽉 끌어안고 있었다.

"아이고, 하람이 엄마 갈까 봐 그러네. 안 보내려고."

원지 할머니가 유준이 행동을 설명해 주었다.

유준이를 안고 있는 엄마의 모습도 낯설었지만 나는 '하람이 엄마'라는 말에 더 놀랐다. 밖에서 불리는 엄마의 호칭에 내 이름이 붙는 거. 한 번도 생각지 못했고 들어 본 적도 없다. 캄보디아 교인들은 '사모님', 아빠는 '지은이, 우리 지은이', 할머니는 '아가', 감초 삼촌은 '제수씨', 모르는 사람들은 '아줌마'로 불렀다. 그런데 '하람이 엄마'라니. 낯설고 생소하고 뜬금없다. 누군가 내 이름을 갖다 붙이면 내 엄마가 되는 건가. 내 허락도 없이? 내가 인정하지 않는데도?

"유준아, 이리 와. 이모 가야 해. 내일 만나자."

원지 할머니는 손뼉을 짝짝 치더니 옆으로 벌렸다. 유준이는 싫다고 고개를 젓다가 엄마 목과 어깨 사이에 얼굴을 파묻었다. 순간 귀엽게 보였다. 그러면서 내가 할 수 없는 일을 너무도 깜찍하게 해내는 그 애가 부럽다 못해 얄미웠다. 엄마는 그 아이의 뒷머리를 쓰다듬었다. 아주 자연스럽게. 눈꼴시다는 말은 이럴 때 쓰나 보다.

꼴사나운 모습을 보지 않으려고 고개를 돌리다 권 경위와 눈이 마주쳤다. 계속 나를 보고 있었던 거다. 내 눈치를 살피며 내 속마음을 읽는 중이었다는 표시가 확 났다. 왜 쳐다보냐고 따지지는 못했다. 그럴 분위기도 아니었지만 그 눈길이 관심으로 느껴졌기 때문이다.

원지가 늘어지는 이별의 상황을 종료하겠다는 듯 나섰다.

"유준아, 누나랑 방방이 타러 가자."

"방방이?"

유준이는 금방 몸을 돌려 원지에게 갔다. 엄마는 못내 아쉬워하며 원지에게 안긴 유준이 등을 쓰다듬었다. 더 이상 눈 뜨고 봐 줄 수가 없는 상황이었는데 권 경위가 "이제 가시죠."라며 그 장면을 끊었다. 반가웠다.

"제가 댁까지 모셔다드릴게요."

이건 무슨 또 소리냐. 놀라 권 경위를 봤는데 나를 본체만체했다. 엄마는 얌전히 가게를 빠져나왔다. 원지 할머니는 엄마에게 내일도 오라고 말했다. 어서 타라는 권 경위 말에 망설이며 차에 오르자 다들 가게 밖에서 손을 흔들었다.

차 안에서 뒤를 돌아보니 원지 가족이 가게 안으로 들어가고 있었다. 나는 서둘러 권 경위에게 말했다.

"버스 정류장에 내려 주세요."

"집까지 가."

단호한 대답에 더 말이 필요 없었다. 내려 달라고 소리칠까 생각했지만 그럴 기운도 없었고, 왠지 그러고 싶지 않았다. 누군가 내 옆에 있다는 기분을 느끼고 싶었다. 이제껏 내게는 사치라고 생각했던 그 기분. 나란 존재는 감히 넘볼 수 없다고 생각했던 그 주제넘은 기분을 집에 가는 단 이십 분이라도 누려 보고 싶었다. 고맙다고 말도 못 하고 이런 마음을 전할 수도 없지만 그랬다.

엄마는 어느새 잠들었다. 권 경위가 룸 미러로 엄마를 보고는 내게 말을 걸었다.

"계속 여기 있을 거야?"

"……."

나는 눈을 깜빡이며 질문이 무슨 의미인지 생각했다.

"캄보디아로 안 돌아갈 거냐고."

권 경위는 벌써 내 정보를 다 꿰고 있었다. 내 존재를 이렇게 빨리 알아챘다는 게 신기했다. 그것까지 어떻게 알았냐고 묻고 싶었지만 나는 아무것도 보이지 않는 창밖으로 시선을 돌렸다. 내가 대답 안 할 것을 안다는 듯 권 경위는 내 궁금증을 해소해 줬다.

"집 주소로 조회하면 다 나와."

아, 어젯밤 노준우 순경에게 사진 찍었냐고 물어본 게 그거였다. '257' 숫자 위에 작게 주소가 쓰여 있던 표지판. 대문 옆 창고 콘크리트 벽에 파랗게 붙어 있던 거. 집 주소로 주인을 검색하고 아빠를 찾아냈겠지. 그리고 딸인 나까지. 권 경위는 경찰에게 한 사람의 정보가 털리는 데는 불과 한두 시간밖에 안 걸린다고 덧붙였다.

"네 정보를 더 자세히 알려 줄 사람은 무하도 있고 그 감초 대표님도 있지. 그러니까 이제 도망칠 생각하지 마. 알겠지?"

권 경위가 슬쩍 나를 돌아보며 웃었다.

"도망치는 거 생각보다 매력 없어. 남들은 몰라도 나는 알잖아. 도망자라는 거. 그래서 매 순간 내 인생이 비참하다고 생각하게 되더라고. 뭘 해도 재미없고 신나지 않아. 늘 도망치는 사람이니까."

권 경위는 무대 위에서 독백하는 배우처럼 말했다. 나만큼이나 생각이 많아 보였다.

집에 도착했다. 내가 엄마를 말없이 흔들었다. 이를 본 권 경위가 뒷좌석 문을 열고 "피곤하셨나 보네. 집에 다 왔어요. 잠깐 일어나 보세요."라며 깨웠다. 어리둥절한 표정으로 일어나는 엄마를 권 경위가 부축해 차에서 내리게 도왔다.

집에 들어온 엄마는 그대로 침대로 가 누웠다. 권 경위가 방문을 가만히 닫았다. 그러고는 전해 줄 게 있다며 차에 다녀온다고 나갔다. 나는 보일러 온도를 높이고 패딩을 벗었다. 화장실에 다녀오니 권 경위가 하늘색 종이 상자를 들고 신발을 벗고 있었다.

"이거 아침에 만났던 대표님이 네게 주라고."

아침? 대표님? 하다가 감초 삼촌이 떠올랐다.

"너희 할머니 유품이래. 집 정리하면서 따로 챙겨 둔 거라고 했어. 필요한 거 있으면 쓰라고."

상자는 묵직했다.

"내일은 태우러 못 오는데, 괜찮지?"

"네."

대답이 너무 부드럽게 나와 당황스러웠다. 아니나 다를까, 내 목소리를 들은 권 경위가 기대 이상의 친절이라는 듯 웃었다. 멋쩍었다. 권 경위는 문단속 잘하고 자라는 말을 남기고 갔다.

샤워하고 나와 감초 삼촌이 전해 줬다는 상자를 열었다. 성경과 찬송가가 가장 위에 있었다. 성경에는 밑줄이 그어진 곳이 많았다. 빨간색 낡은 가죽 지갑에는 지폐 몇 장과 빛바랜 영수증이 몇 장 들어 있었다. 그리고 안경이 든 안경집이 두 개. 헝겊으로 된 파우치에는 어디에 맞는지 모를 열쇠 몇 개가 있고 자주색 작은 상자 안에는 반지와 진주 목걸이가 있었다. 할머니가 끼고 다니던 금반지다. 또 다른 작은 상자에는 휴대폰 세 대와 충전용 어댑터가 들어 있었다. 할머니는 휴대폰을 바꾸면서도 이전 휴대폰을 버리지 않고 가지고 있었던 거다. 당연히 휴대폰은 전부 방전

되어 전원이 꺼져 있었다. 하나라도 사용해 볼 수 있을까 싶어 충전기를 연결해 봤다. 겨우 한 대에 불이 들어왔다. 내일 아침이면 다 충전이 되겠지 싶어 그대로 꽂아 두었다.

하루 이십사 시간이 매우 길었다. 엄마와 다리를 묶다가 유준이와 놀아 주면서 웃던 모습이 떠올랐다. 나한테 한 번이라도 그렇게 웃어 주었다면 억울하지나 않지. 나는 엄마 발을 툭 밀어 버렸다. 도망치는 중에도 엄마를 외면하지 못한 나 자신을 원망하면서.

*

"지은아, 대체 왜 이래!"

아빠가 엄마 손에 들린 유리병을 빼앗으며 소리쳤다. 아빠가 이렇게 소리 지른 건 처음이라 무슨 상황인지 빨리 알아내야 했다. 거실 바닥에는 깨진 병 조각들이 불안하게 뒹굴고 있었다. 그 유리병에 긁힌 엄마 팔이며 다리에서 피가 나고 있었고 하얀 액체에 젖은 머리카락도 얼굴에 들러붙어 있었다. 우리 집에 술? 나는 식탁 위를 봤다. 없다. 내 머리끄덩이를 잡아당긴 아이의 할머니가 가져온 그 음료.

엄마가 교회에서 난동을 부린 뒤로 우리는 집을 이사했다. 아빠는 한국에 있는 본교회에 소문이 들어가거나 다른 선교사들이 알게 된다면 선교 후원이 끊길 거라면서 불안해했다. 이를 만회하기

126

위해 더 헌신적으로 일에 매달렸다. 매일 현지 아이들과 주민들을 만나러 다녔고 길거리에 나가 인사했다. 집 고쳐 주기 프로젝트도 운영하고 주민 모임도 주선하며 집에는 밤늦게 들어왔다. 그러면서 나보고 늘 엄마를 잘 지켜 주라고 했다. 지킨다는 의미가 감시인지, 보살피라는 건지, 잘 보호하라는 건지 알 수 없었다. 분명한 의미를 모른 채 나는 엄마를 지켰다. 아빠가 집에 올 때까지.

그날, 아빠는 어쩐 일인지 일찍 왔다. 내가 묻지도 않았는데 몸에 오한이 들어 병원에 다녀왔다고 말했다. 약봉지를 찢는 아빠 손이 떨리는 것을 봤다. 흰색과 주황색 알약이 아빠 손바닥으로 톡톡 떨어졌다. 그것을 아빠는 한입에 털어 넣고 물을 들이켰다. 나는 아빠가 집에 있으니 내가 엄마를 안 지켜도 된다고 생각했다. 내가 집에서 나가려고 할 때 그 할머니가 왔다. 쌀뜨물처럼 뽀얀 음료 다섯 병을 손에 들고. 내가 알아들을 수 있는 말은 야자수에서 나온 전통 음료라는 거였다. 시큼하면서 묘한 냄새가 났는데 술인 줄은 몰랐다. 그 할머니는 먹을 것을 가끔 가져왔기에 나는 아무 생각 없이 그 병을 식탁 위에 올려 두었다. 그리고 체육관으로 갔다. 유일하게 내가 숨을 쉴 수 있는 공간이었다.

아빠가 잠든 사이, 엄마는 그걸 다 마셔 버렸다. 마지막 병을 마실 때 취해서 쓰러졌다. 그러면서 식탁보를 잡아당겼고 그 위의 빈 병이 바닥에 떨어지면서 모조리 박살이 난 거였다. 아빠가 놀라 뛰쳐나왔지만 상황은 이미 벌어진 후였다. 버둥거리며 일어나려 했던 엄마는 깨진 유리병에 살갗을 여기저기 베였다.

"지은아, 지은아, 제발. 이제 그만 잊어!"

아빠는 엄마 어깨를 잡고 흔들었다. 엄마 몸은 고무 인형처럼 흔들렸다.

"잊는 게, 오빠는 그게 그렇게 쉬워?"

혀가 꼬부라진 말을 알아듣기 어려웠지만 엄마가 자기 목소리를 낸 건 오랜만이었다.

"내가 진짜 고통스러운 게 뭔 줄 알아? 하루하루 나랑 오빠는 늙어 가고 하람이는…… 날마다 커 가는데 우리, 우리…… 그대로야. 안 커. 크지 않아. 언제나 그 모습 그대로야. 나 때문에, 나 때문에."

"그렇다고 계속 이렇게 살래?"

아빠의 목소리는 간절했다.

"아니, 나도 이렇게 살고 싶지 않아. 나도 이렇게 고통스럽게 살고 싶지 않다고."

"그러니까 제발 그만하자. 나도 너무 힘들다."

아빠가 엄마를 잡고 애원하듯 흔들었다. 그 와중에 엄마는 피를 토하듯 소리쳤다.

"죽고 싶어. 하나님이 나도 데려갔으면 좋겠어."

"뭐야!"

아빠가 엄마를 놓고 벌떡 일어났다.

"뭐, 죽고 싶어? 넌 뭐가 그렇게 쉬워. 넌 울고 싶으면 울기라도 하지. 슬프고 우울하다고 말이라도 할 수 있지. 죽고 싶다고 말이라도 하지!"

아빠의 울분이 터졌다.

"그런데 난! 난! 어떨 것 같아? 널 위해 모든 걸 내던진 나는 안 보여? 하람이는 안 보여? 죽고 싶다고? 넌 어쩜 그렇게 네 생각만 해!"

아빠는 소리치고 그대로 밖으로 나갔다. 그리고 밤이 깊도록 돌아오지 않았다.

엄마를 방에 데려다 눕히고 상처에 연고를 발라 줬다. 엄마는 잠이 깊이 든 것인지 연고를 바르는 내 손을 쳐 내지 않았다. 깨진 유리 조각을 치우고 거실을 닦았다. 식탁에 흘린 액체를 찍어 맛보았다. 시면서 싸한 맛. 혓바닥에 불이 붙은 것처럼 매웠다. 체육관에서 어떤 아저씨가 일부러 야자를 발효시켜 마시는 걸 봤다. 한 잔씩 마시면 일할 때 힘이 난다고 했었다. 야자를 따러 다니는 할머니도 고된 노동으로 힘들 때마다 한 잔씩 마셨을 것 같다. 늘 힘이 없는 엄마를 걱정하더니 기운 내라고 가져왔나 보다. 한꺼번에 많이 마시면 안 되는데, 심신이 약해 빠진 엄마가 한 잔도 아니고 저걸 다 마시리라고는 생각지도 못했겠지. 내 머리끄덩이를 잡아당긴 그 애는 미워해도 그 할머니를 원망할 수는 없었다.

드러나는 비밀

턱을 바짝 당겼다. 상대보다 내가 먼저 들어가겠다는 생각이다. 상대가 뭘 재고 있냐, 빨리 공격하라는 듯 툭툭 주먹을 뻗고 발길질을 쉬지 않는다. 여기에 맞서 나도 기분 나쁘니 까불지 말라는 식으로 날아오는 주먹을 툭툭 쳐 내는데 상대가 냅다 내 목을 감았다. 바로 이어서 니 킥까지. 다행히 내 가슴에서 비켜 갔다. 그 바람에 상대가 휘청거렸다. 지금이다. 나는 성큼 다가가 글러브로 가리고 있는 상대의 얼굴을 향해 온 힘을 실어 주먹을 날렸다. 한 방에 케이오를 잡을 심산이었다.

그런데 이런. 상대가 허리를 휙 숙이는 바람에 내 주먹은 헛스윙했고 그 반동으로 나는 바닥에 고꾸라졌다. 상대는 그대로 주저앉더니 나를 누르며 주먹을 퍼부었다. 코뼈가 나가며 피가 터지고 눈의 실핏줄과 입술이 터져 피가 튀었다. 탄력과 가속도가 붙은 상대의 주먹은 더 강하게 쏟아졌다. 내가 할 수 있는 건 내 품에 들어온 상대의 다리를 붙잡고 늘어지는 것뿐이었다.

상대가 내 다리를 밀며 떼어 내려고 했다. 안 된다. 난 거머리다. 난 버틸 거다. 난 살아야 한다. 피가 튀어 범벅이 돼도 살아 낼 거다. 가슴을 끌어 올리며 상대에게 더욱 밀착했다. 죽을힘을 다해 이를 악물고.

"콜록콜록."

내 기침인가 했는데 엄마 소리였다. 휴. 더는 버틸 수 없을 때 엄마가 나를 깨우다니. 나를 살리는 소생술인가. 이제 항복하라는 카운트다운의 시작인가. 꿈이었지만 얻어터진 얼굴이 얼얼했다. 그렇게 얻어터지고도 버티려는 이유는 뭘까. 죽음이 무섭지는 않지만 아직 죽고 싶지는 않다. 제대로 살아 보지도 못하고 나가떨어지는 꼴. 죽어도 싫다. 가만히 앉아 있기보다, 싸워서 얻어터지더라도 내가 존재한다는 걸 한 번이라도 증명하고 싶은 거다.

엄마는 잔기침을 몇 번 하더니 그대로 낮게 코를 골며 잔다. 피곤도 했겠지. 이 추운 날 아이와 놀아 준다고 놀이터까지 나갔으니. 이해할 수 없는 그 상황, 알다가도 모를 그 장면을 떠올리자 잠이 깨 버렸다.

방과 거실의 온도 차는 컸다. 엄마와 나 사이는 냉각기임에도 각자의 체온으로 공기를 데우고 있었나 보다. 서로 껴안지 않아도 버티고 살아갈 만큼. 자기 나름의 온도로.

썰렁한 거실을 가로질러 팔을 쓰다듬으며 화장실에 다녀왔다. 들어가 잠을 이어 볼까 했지만 찬 공기를 몰고 들어가면 엄마 잠을 깨울 것 같아 포기했다. 대신 식탁 의자에 앉았다. 그때 뜬금없이 전자음이 들렸다. 화들짝 놀라 고개를 두리번거리는데 거실장 위에 놓인 휴대폰이 눈에 들어왔다. 맞다, 할머니 휴대폰.

5시 알람이다. 이 년이 넘는 시간 동안 잠들었다 깨어났다고 용쓰는 소리. 죽지 않는 기계의 위력을 실감하며 화면을 터치해 소리를 잠재웠다. 비밀번호나 패턴 잠금은 걸려 있지 않았다. 펼쳐진 성경 위에 놓인 십자가 이미지 위로 여러 아이콘이 보였다. 익숙한 노란색 아이콘을 눌렀더니 연결이 안 된다고 떴다. 인터넷 연결도 안 됐다. 전파가 없으면 휴대폰은 무용지물인가. 식탁 위에 내려놓은 휴대폰 화면이 점멸해 갈 때 '사진!' 생각이 났다.

내가 쓰던 휴대폰이랑 달라 아이콘 아래 작은 글씨를 읽어야 기능을 알 수 있었다. 빨간 바탕에 하얀 꽃무늬 아이콘 밑에 '사진'이라고 적혀 있었다.

남의 일기를 훔쳐보는 느낌이 드는 건 왜인가. 기대했지만 보고 싶었던 할머니 사진은 의외로 없었다. 교회 행사나 꽃과 식물 사진이 대부분이었다. 검지로 쓸어 사진을 휘릭 올렸다. 화면에서 사진들이 파라락 올라가다 멈췄다. "하아암." 늘어지게 하품을 한 뒤 화면을 봤다.

웬 꼬마 사진들이 나란히 보였다. 하나를 클릭했다. 두세 살로 보이는 아이. 처음 보는 애인데 어딘지 낯이 익다.

'누구지?'

사진은 아이가 어릴 때로 점점 시간을 거스르며 수십 장 이어 나왔다. 주로 아파트 놀이터에서 노는 장면이나 교회에서 율동을 따라 하는 장면, 블록을 조립하는 모습도 있었다. 집 안은 아파트 같아 보였는데 갓 혼자 설 수 있게 된 무렵으로 보이는 사진은 할머니 집 마당에 있던 나무 세 그루 사이에서 찍은 거였다. 나무에 빨간 꽃이 피어 있었다. 내 심장의 박동이 점점 빨라졌다.

동영상도 있었다. 화면에 뜬 섬네일 중 하나에는 아빠 모습이 보였다. 젊은 나이의 아빠가 소파에 비스듬히 누워 있고 아빠 가슴 위에 갓 태어난 듯 자그마한 아기가 잠들어 있었다. 저 아이가 혹시 나인가 싶어 동영상을 재생했다. 그런데, 화면이 커지자마자 카메라 렌즈가 옆으로 돌아가며 아빠 옆에 앉아 있던 남자아이가 나왔다. 아빠는 눈동자를 돌려 그 애와 눈을 마주치고 웃어 주었다. 그리고 나오는 엄마 목소리.

"여기 봐, 예찬아. 엄마 봐 봐."

심장이 멈추는 것 같았다. 손이 바들바들 떨리면서 영상이 보이지도 들리지도 않았다. 한참 후, 숨을 깊게 내쉬며 다시 재생 버튼을 눌렀다.

엄마가 그 애 이름 예찬이를 부르는데도, 엄마 한 번만 봐 주라

하는데도 그 애가 보지 않자 엄마는 다시 그 애를 불렀다. 리듬까지 넣어서.

"예~찬~아."

그랬더니 그 애가 입을 한껏 오므려 귀여운 표정을 짓고 엄마를 바라본다. 엄마는 그 틈을 놓치지 않고 말한다.

"아유, 예뻐라."

엄마 목소리는 나비가 날듯 허공을 나풀나풀 날아다녔다. 엄마에게서 저렇게 경쾌한 콧소리가 나오다니. 아빠 가슴 위에 있는 아이를 자세히 봤다. 얇은 담요에 애벌레처럼 돌돌 말린 애가 나인가? 그렇다면 도대체 저 예찬이란 애는 누구인가. 내 엄마에게 엄마라고 부르고 내 아빠에게 아빠라고 부르는 내가 모르는 가족. '예찬이'. 엄마가 품에 안고 그림책을 읽어 주는 아이. TV에서 나오는 음악에 맞춰 손을 들고 엉덩이를 들썩이는 아이.

유준이 이름을 잘못 불렀다고 생각했던 그 '예찬이'는 원래 존재하는 아이였다. 근데 저 아이는 지금 어디 있는가. 내가 유추할 수 있는 단서를 하나씩 정리해 봤다. 아빠가 한국에 있을 때였고 놀이터가 있는 아파트에 살았다. 할머니 집은 여기 그대로였고, 예찬이는 남자아이다. 나는 돌 사진도 없고 놀이터에서 노는 사진도 없다. 동영상은 꿈도 꿔 본 적 없다.

마지막으로 갓난아기가 침대에 누워 있는 섬네일을 눌렀다. 혼자 팔다리를 들며 버둥거리는 아이. 알아들을 수 없는 옹알이를 하는데 갑자기 아빠의 말소리가 들린다. 그리고 카메라가 돌아간다. 예찬이에게로.

"예찬아, 동생 예뻐?"

아, 이럴 수가!

예찬이는 대답하지 않았다. 아빠는 다시 묻는다.

"예찬아, 하람이 예쁘다 해 줘."

예찬이는 예쁘다고 하지 않았다. 아빠가 지금 무슨 말을 하는지 모르겠다는 식으로 고개를 요리조리 돌리며 딴청을 피운다. 그러더니 카메라를 향해 혼잣말처럼 중얼거린다.

"아빠도 예쁘고, 엄마도 예쁘고, 아가도 예뻐."

그러고는 앉았던 의자에서 내려 어디론가 간다. 카메라가 그 예찬이를 쫓는다. 예찬이는 아기, 그러니까 혼자 버둥거리는 어린 내게 가서 얼굴을 쓰다듬는다. 끝.

나였다. 나도 처음 보는 갓난아기 시절 하람. 그렇다면 예찬이는 내 오빠다. 근데 지금은 없다. 아니…… 어디 있는지 모른다. 엄마, 아빠, 할머니 그 누구도 내게 오빠에 대해 이야기한 적 없다. 이름을 들어 본 적도 없고 사진 한 장 못 봤다. 난 하나밖에 없는 외동딸로 컸다. 말귀를 알아듣기 시작하면서 어른들이 대화할 때 속 시원하게 말하지 못하는 부분이 있다고 느꼈지만 내가 끼어들 자리가 아닌 걸 알고 모른 척했었다. 서로에게 상처가 되는 주제가 있어 말 꺼내기를 회피하는 거라고. 좋은 관계를 유지하기 위해 최소한의 예의를 지키는 거라고 여겼다.

'우리, 우리…… 그대로야. 안 커. 크지 않아. 언제나 그 모습 그 대로야.'

엄마가 말한 크지 않은 아이, 언제나 그대로인 아이가 예찬인 가. 그런데 왜 내게 이렇게 철저하게 숨긴 건가. 왜? 혹시 나와 연 관된 숨은 비밀이 있는 건가. 그렇다면 누구에게 물어야 하는가. 어떻게 캐내야 하나. 예찬이에 대한 비밀.

동이 트기를 기다렸고, 엄마가 일어나기를 기다렸다. 가만히 앉아 있을 수 없어 집 안을 서성거렸다. 동영상을 다시 볼 용기는 나지 않았지만 예찬이 동작 하나하나가 곱씹어졌다. 만약, 진짜 로 그 애가 죽었다면 그 모습이 자꾸 떠오를 때 나는 어떻게 할 수 있을까. 돌아가신 할머니가 보고 싶을 때마다, 나를 지그시 봐 주 던 그 눈이 그리울 때마다 나는 샌드백을 쳤고 달리며 울었다. 지 치고 힘들 때, 누군가 나를 보살펴 주었으면 싶을 때 하늘에 대고 "할머니." 하고 가만히 불러 보았다. 그럼 엄마는…….

할머니가 마지막으로 캄보디아에 오셨을 때다. 나는 왜 언니도 오빠도 동생도 없냐고 물었다.

"처음에 너희 엄마는 아이를 아주 많이 낳고 싶어 했어. 가족 중 창단을 만들고 싶어 했단다."

엄마는 보육원에서 혼자 외롭게 커서 가족을 꾸리고 싶은 마음이 컸다고 했다. 아빠도 외동으로 커서 아이에 대한 욕심이 많았 단다. 두 사람은 해외 봉사 활동에서 만나 사랑을 키웠는데 서로 종교가 같고 아이들을 사랑하는 마음도 같아서 결혼하고 가정도 이룬 것이었다.

"그런데 네 엄마가 그 큰일을 겪고……. 마음이 여린 네 엄마가 너무 많이 아파서……."

할머니는 큰일이 무엇이었는지 말해 주지 않았다. 그 말끝에 눈 물을 찍어 냈을 뿐. 그래서 나는 단순히 우울증에 걸린 일을 말하 는 줄 알았다. 왜 나는 그때 큰일이 뭐냐고 묻지 않았을까. 그럼 엄마가 괴로워하는 이유라도 알았을 텐데.

엄마는 일어나자마자 나갈 준비를 했다. 어디 가느냐고 묻고 싶 을 만큼 들떠 있었다. 처음 보는 모습. 생각해 보니 어제 약을 안 먹었는데도 멀쩡했다. 영상에서 목소리만 들렸던 그때 엄마의 움 직임을 재현하고 있는 듯했다. 무엇이 저토록 엄마를 힘 나게 하 는 건가. 이상하고 수상하고 기이하기까지 한 모습에 엄마가 유 준이를 예찬이의 환생으로 생각하기라도 하는 건지 의심스러웠 다. 그렇지만 엄마에게 밥 먹으라거나 준비하라는 둥 불필요한 말을 안 해도 되니 좋았다. 약을 줘야 하는지 잠깐 고민했지만 그 러지 않기로 했다. 대신 할머니 휴대폰과 함께 약을 따로 챙겼다.

알바 시간보다 한 시간 일찍 나왔다. 버스 정류장에 나오니 패 딩 할머니가 먼저 와 있었다. 꾸벅 인사하자 할머니가 다짜고짜 내 손목을 끌어당기며 등을 두드렸다.

"맞지? 오 권사 손녀."

나는 다시 고개를 숙여 맞다는 뜻을 전했다. 내 대답에 할머니는 쯧쯧 혀를 찼다. 내 손목을 놓은 할머니가 이번에는 엄마 손을 잡고 똑같이 물었다.

"저기…… 그럼 오 권사 며느리 맞죠?"

내게 묻던 말투와는 사뭇 달랐다. 엄마는 가만히 고개를 끄덕이더니 할머니 손을 밀어냈다.

"그려. 맞고만. 내가 그날 이후 계속 생각했어. 우리 집 영감도 아무래도 전에 본 것 같다고. 그때 우리 교회도 와서 예배도 보고 했잖아. 특별 찬송도 하고. 은혜롭게 찬양을 잘했는데 기억 안 나요? ……근데 아빠는 안 온 거야?"

할머니는 엄마에게 말했다가 얻어 낼 게 없다는 판단이 섰는지 질문을 내 쪽으로 급선회했다.

"네. 아직 캄보……."

할머니는 내 말이 끝나기도 전에 나를 저만치 끌고 가 속삭였다.

"엄마는 좀 괜찮아? 이젠 한국에 와도 돼? 이제 그 아들 생각 안 난대?"

나는 이 할머니가 무슨 말을 하는지 재빨리 감 잡았다.

할머니는 엄마 눈치를 살피더니 혼잣말로 중얼거렸다.

"그려. 잊어야지 어쩌겄어. 쯧쯧. 하나님이 그 어린 것을 매정하게도. 천국 갔을 것이여."

천국. 내 심장이 쿵 떨어졌다. 더 묻고 싶은데 버스가 왔다.

원지네 아파트에서 내렸다.

초인종을 누르자 원지 엄마가 반갑게 맞아 주었다. 유준이가 뛰어나오자 감격스럽게 품에 꽉 안아 주는 엄마. 유준이 얼굴에 예찬이 얼굴이 오버랩됐다. 하나도 닮지 않았지만 또래라는 것 하나만으로도 웃고 말하고 찡그리는 모습이 비슷해 보였다.

"죄송합니다. 며칠만."

원지 엄마는 오히려 유준이랑 놀아 주니 고맙다고 했다. 나는 원지와 마주치지 않으려고 서둘러 나왔다. 그리고 아파트 입구를 벗어나 택시를 잡아탔다.

"익산 경찰서요."

기사님은 학생이 아침부터 경찰서에 왜 가느냐고 물었지만 대꾸하지 않았다.

택시에서 내리자마자 주차된 차들 사이를 통과해 경찰서 입구 계단을 올랐다. 마침 안으로 들어가려는 제복 입은 사람을 붙잡고 권세현 경위님을 만나러 왔다고 했다. 그 사람은 잠깐 기다리라며 건물 안 계단을 올라갔다.

조금 기다리니 계단을 내려오는 발소리가 들리고 권 경위가 어리둥절한 표정으로 나타났다. 나를 보더니 "난 또 누구라고." 하며 웃었다.

"감초 삼촌 전화번호 좀 알려 주세요."

무슨 일이냐고 묻는 권 경위에게 대꾸하지 않고 수첩을 꺼냈다. 내가 대답이 없자 권 경위는 잠자코 휴대폰을 켜 번호를 찾았다. 그리고 바로 통화 버튼을 눌렀다.

"지금 여기서 통화해."

나는 어쩔 수 없이 휴대폰을 건네받았다. 그렇지만 내 사정을 공개하는 게 싫어 신호가 가는 사이 밖으로 나왔다. 힘든 날도 있지만 꿈을 꾼다는 여자 가수의 노래가 컬러링으로 한참 흘렀다. 어떻게 말을 꺼내고 무슨 말부터 해야 할지 이 말 저 말 준비했는데 미치게 심장이 요동쳤다.

"아, 안녕하세요. 경위님."

감초 삼촌이 받았다. 왜 전화한 건지 의구심이 깔린 목소리로. 지금이다. 잽이든 훅이든 어퍼컷이든 날려야 한다.

"저, 하람이요."

감초 삼촌은 내 이름을 되짚으며 놀랐다. 근데 왜 권 경위 전화냐, 지금 경찰서냐, 무슨 일 난 거냐 몰아쳐 물었다. 나는 아니라고 짧게 답하고 용건을 말했다.

"여쭤볼 게 있어서요. 이따 3시에……."

이번에는 "3시?" 하며 감초 삼촌이 곰곰이 생각하다 무슨 일이냐고 되물었다.

"할머니 휴대폰에서 사진 봤어요."

"휴대폰? 사진?" 하고는 한참 말이 없던 감초 삼촌은 "아!" 하고 깊은 탄식을 뱉었다. 그리고 알았다며 다시 한숨을 쉬고는 약속 장소를 잡았다.

어느새 내 뒤로 와서 통화를 엿듣고 있던 권 경위도 무슨 일이냐고 물었다. 나는 아무 일도 아니라고 둘러댔다.

"아무 일도 아닌데 이 아침에 여기까지 찾아와 전화해?"

이런 게 형사의 촉인가. 나는 못 들은 척 인사를 꾸벅하고 계단 옆 비탈진 통로로 내려왔다. 뒤에서 권 경위가 지켜보고 있다는 걸 알면서도 꿋꿋하게 돌아보지 않고 경찰서 입구까지 나왔다. 아무리 경찰이라고 해도 지금 내 문제를 해결해 줄 수 없다. 아무리 엄마를 제치고 나를 먼저 봐 주는 권 경위라도…….

그렇지만…… 그렇지만 지금은 내게도…….

나는 홱 돌아 냅다 뛰었다. 경찰서 쪽으로, 권 경위에게로.

"이따 3시에 시간 내줄 수 있어요?"

내 눈에 눈물이 차올랐다. 이유는 모른다. 내게도 의지할 수 있는 누군가 필요했다. 그냥 누구든 허수아비처럼 옆에만 있어 줘도 너무 서럽지 않을 것 같았고, 너무 억울하지 않을 것 같았고, 너무 무섭지 않을 것 같았다. 내가 앞으로 어떤 상황을 맞닥뜨리게 될지 겁나고 두려웠다. 나는 부들부들 떨고 있었다. 권 경위가 내 팔을 꽉 잡았다.

"알았어."

그제야 눈을 들어 권 경위를 봤다. 눈이 마주치자 눈물이 차올라 나는 얼른 등을 돌리고 걸었다. 3시까지 샌드위치 가게로 가겠다는 권 경위의 외침이 들렸다. 나는 휙 돌아 허리를 숙이고는 그대로 내달렸다.

울지 마, 제발

샌드위치 가게는 오늘도 몹시 붐볐고 정신없이 바빴다. 다행이었다. 시간의 빈틈이 없을 땐 내가 애쓰지 않아도 잡념이 파고들지 못한다. 힘든 날이 될 거라고 예상했는데 출근하니 사장이 아주 커다란 이불 가방을 내밀었다.

"옷 좀 정리했어. 버리긴 너무 아까운 옷들인데, 네게 잘 어울릴 것 같더라."

두툼한 겨울 점퍼와 옷들이 들어 있었다. 당장 내게 필요한 것이었다. 나를 찬찬히 보며 살폈을 그 마음이 읽혀서 고맙다는 말을 먼저 해야 하는데 눈물이 앞서 터지려고 했다. 그런 티를 내지 않으려고 어금니를 꽉 물었다.

사장은 그 할머니 같은 옷 당장 벗고 입어 보라고 했다. 직접 옷을 코디해 주기까지 했다. 사장과 나는 체형이 얼추 비슷해서 옷

들이 아주 잘 맞았다. 옷 몇 개는 따로 담아 "이건 엄마 드려."라고
했다.

"옷값은 안 받겠지만 대신 일을 열심히 해. 오래."

부탁인지 명령인지 모를 그 말에 나는 "네." 하고 답했다. 사장
은 주방으로 향하다 휙 돌아봤다.

"어머니 쓰러지셨을 때, 내 말에 서운했지. 미안. 나도 놀라서
그랬어."

그 미안. 애써 담담한 목소리로 말했지만 저 콧대 높고 까칠한
사장이 일개 알바인 내게 사과하려고 그 장면을 얼마나 거듭 생
각했을까. 이제껏 누구에게도 사과받아 본 적 없는 내 마음은 뜨
거워졌다.

언젠가 하나님에게 따졌다. 나에게 너무 가혹한 삶을 주셨다고.
저런 엄마를 내게 주신 거 하나님 잘못이라고, 왜 하필 나였냐고,
하나님은 내 말을 듣지도 않고 모른 척했다. 내가 그렇게 윽박질
렀는데도 내 상황은 한 점도 더 나아지지 않았으니까. 그때 알았
다. 하나님은 잘못을 인정하지 않는다는 거. 혼자 버티게 내버려
둔다는 거. 살든지, 나가떨어지든지, 죽든지.

그럼에도 나는 매일 아빠를 따라 교회에서도 집에서도 하나님
이름을 거룩히 여겨야 했고, 일용할 양식을 주심에 감사해야 했
으며, 시험에 들게 하지 말아 달라고 간청해야 했다. 그게 싫어 도
망치면서도, 줄행랑을 치는 도중에도 모든 악에서 구해 달라고

기도했던 건 사실이다. 내게 모질게 굴어도 나를 아끼고 사랑한다는 건 진짜일 거라고 믿었으니까! 그렇게라도 믿지 않으면 내게 다음 날은 오지 않을 것 같았다. 그러니 신실한 믿음은 아니고 내가 살기 위해 뚫은 숨구멍이라고 하자. 젠장! 그래서 지금 이 옷보따리를 보면서도 나도 모르게 '감사합니다'라고 되뇌고 있는 것 아닌가.

배달 콜을 받은 무하는 다섯 번이나 가게에 왔다. 처음 왔을 때 보자마자 옷이 바뀐 것을 알아보고 "오, 잘 어울린다."라고 해 주었다. 그 후 올 때마다 사탕을 한 개씩 주었고 샌드위치 포장도 꼼꼼하게 잘한다고 칭찬해 줬다. 같은 방향으로 두 개 콜을 잡아 줬더니 엄지를 척 세워 주고 나갔다. 그렇게 빠르게 3시가 되었다.

권 경위가 십 분 전부터 미리 와서 나를 기다리고 있었다. 100미터도 안 되는 거리에 있는 프랜차이즈 카페에서 만나기로 했는데 그 100미터를 혼자 걸어가게 놔두지 않겠다는 뜻이다. 사장이 준 옷 가방도 들어 주었다. 고마웠지만 고맙다고 말할 수가 없었다. 진실을 감싼 암막이 걷힌 뒤 휘몰아칠 바람을 예상하며 두려움에 벌벌 떨고 있는 처지였으니까.

카페가 가까워질수록 조여 오며 파닥거리는 심장의 뜀뛰기에 나는 숨도 편히 쉴 수 없었다. 그럼에도 걸어야 했다. 권 경위가 가만히 내 손을 잡아 주었다. 이런……

감초 삼촌은 카페 통유리창 앞에 앉아 있었다. 심장이 떨어진 건지 소름이 끼친 건지 모르게 온몸에 전율이 느껴졌다. 어디서부터 말해야 하는지, 어떻게 묻고 어떻게 들어야 하는지 캄캄했다.

"들어가야지."

권 경위가 카페 문을 연 채 잡고 서 있었다.

감초 삼촌이 어서 오라며 의자에서 반쯤 일어났다. 갓 구워 낸 빵처럼 따뜻한 말투였지만 표정은 무언가 각오하고 나온 사람처럼 비장했다. 권 경위와 나에게 물어 음료를 주문한 감초 삼촌은 음료가 나올 때까지 자리로 돌아오지 않고 디저트 진열장 앞을 괜히 서성거렸다. 무지 생각이 많아 보였다.

잠시 후, 음료 세 잔이 테이블 위에 놓였다. 권 경위는 감초 삼촌에게 안부를 물으며 자신과 전혀 관계가 없는 감초에 관해 물었다. 내게 시간을 주고 긴장을 풀어 주려는 의도로 보였다. 그 덕분에 떨리던 손이 진정되어 음료를 한 모금 마실 수 있었다. 길게 숨을 내쉬고 은밀하게 헛기침했다. 이를 알아챈 것일까.

"이제 하람이 이야기 좀 들어 보죠."

권 경위가 내 이야기의 물꼬를 텄다.

나는 의자 끝으로 몸을 끌며 허리를 세웠다. 그럼에도 쉽게 말이 나오지 않았다.

"그래. 뭐든 편하게 말해. 괜찮아."

감초 삼촌은 무슨 말이든 다 들어 주겠다고 했다.

나는 상황을 빨리 정리하고 싶었다. 할머니 휴대폰을 테이블에 올려놓았다.

"삼촌, 예찬이 알아요?"

감초 삼촌 눈이 휘둥그레졌다. 그대로 동작은 정지.

그 확실한 반응에 나는 자세를 고쳐 앉으며 과녁을 겨누고 핵심을 찔렀다.

"내 오빠죠? 지금 어딨어요?"

나는 공세를 늦추지 않고 바로 다음 화살을 꺼내 냅다 쏘았다.

"죽었어요?"

감초 삼촌은 나를 보던 눈을 돌려 권 경위를 봤다. 내 사정도 모르고 내막도 모르는 권 경위 눈도 휘둥그레졌다. 나는 할머니 휴대폰에서 동영상을 봤다며 알고 있는 사실을 하나도 감추지 말라는 뜻으로 눈에 힘을 주었다. 엄마가 원지네 집에서 유준이를 예찬이라고 부른다는 상황도 설명했다.

"알긴 아, 아는데…… 자세한 내막은 내가 해 줄 수 있는 얘기가 아닌 것 같다."

감초 삼촌은 무슨 말이든 들을 각오를 하고 나왔지만 막상 직접적인 질문을 받으니 대놓고 말하기가 난처한 것 같았다. 말을 흐리며 거의 얼음밖에 남지 않은 아이스커피를 빨대로 쪽 빨아 삼켰다.

"나 때문에 죽었어요?"

밤새 고민한 말이다. 이제까지 아빠, 엄마, 할머니 모두 내 앞에서 예찬이라는 이름을 꺼내지 않았다. 지금 생각하면 일부러 철저하게 방어막을 치고 내가 그 이름을 듣지 못하도록 했던 거다. 언젠가 감초 삼촌이 "이제는 하람이도 그 일을 알아야 하지 않아?"라고 아빠에게 말하는 걸 들은 적이 있다. 할머니는 "우리 하람이가 오빠랑 같이 놀았으면 좋았을 텐데."라고도 말했었다. 그때마다 아빠는 "형, 그런 얘기 꺼내려면 오지 마!"라거나 "어머니 지금 무슨 말씀 하시는 거예요."라며 언성을 높였다. 그래서일까. 할머니는 나를 불쌍하게 여겼다. 나는 자랄수록 이 집에서 내가 어떤 존재인지 의문스러웠다. 나를 대하는 엄마 아빠의 태도를 보며 내가 친자식이 아닐 거라고 의심했다. 그런데 할머니가 캄보디아에 오신 날 저녁, 아빠와 나누는 이야기를 몰래 들었다.

"하람이에게 좀 잘해 줘라. 애가 너무 외로워 보여."

"애쓰고 있어요."

"애만 쓸 게 아니라 사랑을 줘야지. 지은이는 눈도 한 번 제대로 안 맞춰 주더구나."

"지은이는 자신을 용서할 수 없대요. 하람이를 예뻐하면 자신을 용서하는 것 같아서 못 하겠다고."

"그래 놓고 또 하람이에게 미안해하고 있잖아. 미안할수록 더 괴로워하는 거 아니냐. 그래선 안 돼. 감정의 악순환이야."

아빠는 아무 말도 못 했다.

"하람이 태어났을 때 너희가 얼마나 좋아했어. 너도 그렇고 지은이도 그렇고."

"……."

"그것만 생각해."

계속되는 할머니 설득에 아빠는 깊은 한숨과 함께 "네."라는 한 글자를 뱉었다. 그때 나는 엄청나게 안심했고 기대했다. 이불을 둘러쓰고 빙그레 웃은 기억이 있다. 허우적대던 혼란에서 벗어난 기쁨이었다. 내가 잡고 버틸 수 있는 지푸라기를 얻은 기분이었던 거다.

하지만 그 뒤로도 아빠는 교회 일이 바빠 여전히 내게 무심했고 엄마는 변함없이 조금도 곁을 내주지 않았다. 그래도 언젠가는 내게 이리 오라고 손짓할지도 모른다는 생각으로, 두 팔을 벌려 나를 한번 안아 줄지도 모른다는 기대로 모질기만 한 날들을 버텼다.

나 때문에 죽었냐는 질문에 당황한 감초 삼촌은 빨대로 컵에 든 얼음을 저었다. 그렇게 한참을 헛바퀴 돌듯 돌아가는 얼음을 보더니 무겁게 말을 꺼냈다.

"절대 너 때문이 아니야. 그건 누구의 잘못도 아니지. 근데 내가 이 말을 네게 해도 되는 건지 모르겠다. 진즉에 네게 알려 줘야 한다고 네 아빠에게 여러 번 말했다만."

나는 알고 싶다고 했다. 이제까지 몰랐던 진실을. 나도 가족인데 왜 나만 몰라야 하냐고 따지다가 사실을 알아도 나는 변하는 게 없을 거라고 회유했다. 감초 삼촌은 잠깐 생각하더니 자기가 아는 데까지만 말해 주겠다며 이야기를 시작했다.

"너희 아빠가 예전에 분당에 있는 대형 교회 부목사였던 건 알지?"

나는 분당이라는 지명에 깜짝 놀랐다. 공항에서 분당 가는 버스에 타려던 엄마가 떠올랐던 거다.

"거기가 분당이었어요?"

"그래, 맞아. 그때 너 태어나기 전부터 한 오 년 이상 재직했지."

"그럼, 예찬이도 있었겠네요?"

맞받아치는 내 질문에 감초 삼촌이 당황했다. 목이 타는지 또 빨대를 빨았다. 그러고는 테이블에 손을 얹고 몸을 앞으로 숙였다.

"응. 그 교회에서 예찬이가 태어났어. 너도 그랬고. 그리고 사고도 났고."

예찬이 세 살 때, 내가 태어나고 돌 되기 전, 화창한 6월 1일이었다. 내 생일이 8월 25일이니까 태어난 지 열 달째였다. 익산에서 온 할머니가 분당 아파트에서 함께 지내며 엄마를 도와주고 있었단다. 아빠는 같이 일하던 부목사님 두 명이 한꺼번에 다른 교회로 가는 바람에 갑자기 업무가 많아져 거의 교회에서 밤을 새우곤 했었고.

그날, 내가 낮잠을 자는 틈에 엄마는 예찬이와 함께 아파트 놀이터에 나갔다.

"너희 엄마가 첫 아이 예찬이를 어찌나 예뻐했는지. 안고 품에서 내려놓지를 않았다. 아이 교육에 대해 너무 모른다면서 임신한 몸으로 대학을 다시 다니며 유아 교육을 공부했다니까. 그 정도로 각별했어. 예찬이도 방글방글 잘 웃고 활발하고 씩씩한 아들이었지."

그런데 그날 내가 자다가 깨서 울었단다. 할머니가 아무리 달래도 그치지 않고 곧 숨이 넘어갈 듯 울어 대는 바람에 결국 엄마에게 전화했다. 놀이터에서 전화를 받은 엄마는 예찬이에게 집에 가자고 했지만 한창 미끄럼틀을 타던 예찬이는 싫다고 했다. 엄마는 집이 바로 놀이터 옆 동이고 3층이라 나를 유아차에 태우고 나와야겠다는 생각으로 집에 들어갔단다.

"애를 혼자 두고서요?"

가만히 듣고 있던 권 경위가 뒷이야기를 상상한 듯 핵심을 짚어 냈다.

"아, 혼자 됐지만 날씨가 워낙 좋아 놀이터에 어른과 애들이 많았대요. 그래서 같이 나온 다른 엄마에게 잠깐 집에 다녀올 테니 애 좀 봐 달라고 부탁하고 예찬이에게도 신신당부한 모양이에요. 다른 곳에 가지 말라고. 고작 이삼 분 걸리는 일이니까. 휴."

감초 삼촌이 말꼬리에 한숨을 붙였다. 그리고 이내 말을 이었는데, 집에 오니 자지러지게 우는 내가 엄마가 온 뒤에도 버티며 유아차에 타지 않았고 계속 악을 썼다. 가까스로 나를 달래 유아차에 태웠는데 위층에서 엘리베이터를 오래 잡아 두는 바람에 한참을 기다렸다고 한다.

그사이, 사고가 났다. 엄마가 다시 놀이터에 도착하기까지 불과 십 분도 채 걸리지 않은 시간에. 구급차가 오고 아이가 실려 가고 엄마가 쓰러지고.

놀이터에 있던 사람들 증언에 따르면 다른 아이가 놓친 공을 예찬이가 잡으러 갔다가 택배 차량에 치였다는 것이다. 아파트 주민이 차를 빨리 빼라고 민원을 넣는 바람에 택배 기사는 서둘렀고 차 바로 앞에서 공을 주우려고 몸을 숙인 세 살 꼬마를 미처 발견하지 못했다고 한다.

"사고가 나려고 하니까 희한하게……."

감초 삼촌은 말끝을 흐리며 도리질했다. 눈물이 차올랐다. 예찬이 죽음이 너무 허망했다. 결국 내가 울어서 그런 거였다. 내 눈물을 극도로 싫어했던 엄마, "울지 마! 제발 울지 마!"라고 소리쳤던 그 목소리. 내가 울먹일 때마다 모질게 돌아섰던, 내 눈물을 한 번도 닦아 주지 않았던 엄마는 그래서 그랬던 거다. 내가 아니라 내 눈물이 견딜 수 없었던 거다. 아이씨. 눈을 비볐다. 지금 내가 우는 건 가당찮았다. 울지 않으려고 테이블에 팔꿈치를 대고 머리를 받쳤다. 권 경위가 내 등을 쓸어 주었다. 그렇게 한참 침묵이 흘렀다. 권 경위가 컵에 물을 따라 와 내게 건넸다. 그러고는 불현 듯 감초 삼촌에게 물었다.

"그 일 때문에 가족이 캄보디아로 떠난 건가요?"

"뭐, 그 일이라기보다……."

감초 삼촌이 내 눈치를 살폈다.

"수……울 때문에."

나는 그대로 무너지며 손바닥으로 테이블을 쳤다.

권 경위가 "술이요?" 하고 반문하며 자세히 좀 이야기해 달라고 부탁했다. 감초 삼촌은 다시 한숨을 쉬고 이야기를 들려줬다.

예찬이의 장례식을 마치고 몸이 너무 약해진 엄마는 병원에 한 달 정도 입원해 있었단다. 할머니가 나를 돌보고 병원을 오가며 엄마를 간호했다. 아빠는 교회에서 맡은 일로 정신을 차릴 수가 없었다. 교회 측에서는 쉬기를 권고했지만 자신이 빠지면 교회 상황이 어떻게 될지 뻔히 아는 상태에서 쉴 수가 없었단다. 한편으로는 일이라도 해야 아들 잃은 아픔을 잠시라도 잊을 수 있었다는 것이다.

퇴원 후 집에 돌아와서도 엄마는 자기 탓이라면서 계속 우는 나날을 보냈다. 어느 날, 엄마를 위로하러 담임 목사 사모님이 집으로 찾아왔고 배웅하고 돌아오는 길에 엄마는 자신을 향해 수군거리는 소리를 들었단다.

"저 여자야. 놀이터에 애기만 혼자 둔 여자."

"아니 어떻게 그래. 엄마가 애기를 죽인 거네."

"그때 우리 아파트 택배 차량 사망 사고 인터넷 실시간 1위 했었잖아."

엄마는 그 길로 집에 와 기사를 검색했단다.

"그 기사에 달린 댓글이……."

감초 삼촌은 말을 잇지 못했다. 권 경위도 낮은 소리로 알 만하다며 고개까지 끄덕였다.

"사람들 지독스러워요. 잔인하기가 말로 할 수 없어요. 일면식도 없고 상황도 모르는 사람들이 말이죠. 누군들 자기 목숨보다 귀한 아이를……."

감초 삼촌의 얼굴이 붉어지고 목소리가 점점 커졌다. 뒷말이 뚝 끊겼지만 짐작이 됐다.

엄마는 그 기사와 댓글들을 모조리 찾아 읽었고 요리할 때 쓰던 와인부터 마시기 시작했다. 맨정신으로는 견딜 수 없는 날들이었다. 뭐든 먹기만 하면 토하고 쓰러지고 그랬다고 한다.

"아휴. 어쩜 좋아."

권 경위는 자기 가족의 일처럼 안타까워했다. 감초 삼촌은 공감받으니 다행이다 싶었는지 나머지 이야기를 들려줬다.

"하람이 세 살 때였죠? 어느 날, 하람이 엄마가 아파트 근처 마트에서 교회 신도를 만났나 봐요. 인사를 해야 하는데 이미 좀 취한 상태라 몸이 휘청거렸고, 중심을 잡는다고 팔을 휘둘렀는데 하필 그 사람을 친 거예요. 그걸로 시비가 붙었는데 그게 교회며 아파트에 소문이 났어요. 그래서 하람이 아빠가 본교회를 떠나야 했죠. 벌써 한국에는 소문이 파다하게 퍼져 재직할 교회를 찾기 마땅치 않았으니까요. 생각보다 목사들 세계도 좁은가 봐요. 그래서 선택한 게 캄보디아예요. 그것도 완전 기독교 불모지 지역을 선택해서 떠났죠. 고생 엄청 많이 했어요."

그 고생은 나도 조금 안다. 교회 개척과 선교, 그리고 엄마 보살 핌까지. 하지만 그건 아빠의 관점이다. 내 관점의 고생은 감초 삼촌이 모른다.

나는 척박한 땅에서 마른 흙가루라도 움켜쥐고 버텨야 했다. 그나마 아빠가 나를 한 번씩 안아 주고 따뜻한 밥을 차려 주고 내 옆에서 성경을 읽는 소리를 들으며 안심했다. 언젠가 엄마가 빨래를 개킬 때 도와주면 좋아할 것 같아 따라 했다. 하지만 끝까지 말을 걸어 주지 않는 엄마가 너무 미웠다. 내 방에 들어와 엄마를 미워하지 않게 해 달라고, 그리고 엄마가 나를 좋아하게 해 달라고 간절히 기도했다. 그렇게 엄마 눈길조차 신께 구걸하는 나날을 보내야 했으니 나는 나답게 꿋꿋할 수 없었고 당찰 수 없었다.

다들 그렇게 사는 줄 알았다. 그런데 내 머리끄덩이를 잡았던 그 아이가 교회에서 자기 엄마가 보냈다는 편지를 읽어 준 적이 있다. 어린 딸을 두고 떠났다는 그 애 엄마가 '크놈 쓰럴란 네악 (나는 너를 사랑해)',이라고 쓴 말을 전해 듣는 순간 비참함이 온

몸에서 소스라쳤다. 엄마 아빠와 함께 사는 나보다 그 애가 더 행복해 보여서. 그 애에겐 한집에 살지 않고 날마다 얼굴을 보지 못해도 사랑을 전해 주는 사람이 있었으니까.

그렇지만 하루하루를 버티려고 약을 먹는 엄마에게 왜 내게 이런 고통을 주냐고 따질 수도 없었다. 내가 눈에는 보이는 거냐고 물을 수도 없었다. 나도 한번 인정받고 싶어서, 눈을 마주칠 수 있게 나를 봐 주었으면 해서, 그럼 소원이 없을 것 같아서 늘 엄마 언저리를 눈으로 더듬거렸다. 그런 날들이 얼마나 지치고 힘들던지. 이런 나를 엄마 아빠에게서 도려내기 위해 한국으로 도망치려 했던 건데 마지막 순간에 벼르던 칼날이 뭉개져 오히려 더 붙어버린 꼴이 되고 말았지만.

감초 삼촌이 물을 가져오겠다며 얼음만 든 컵을 들고 일어섰다. 나는 감초 삼촌의 뒷모습을 보며 손으로 얼굴을 감쌌다.

"하……."

권 경위의 뜨거운 숨소리가 들렸다. 나는 눈물이 나올 것 같아서 입안을 깨물었다. 권 경위가 말없이 내 어깨를 도닥여 주었다.

"넌 잘못 없어."

토닥토닥.

"진짜야. 넌 아무 잘못 없어."

너무나 충격적인 과거의 사건을 마주한 순간이기에 그 말이 당장 와닿지는 않았다. 괴로움이 눈 녹듯 사라지지도 않았다. 하지만 내 짐을 좀 덜어 주겠다는 뜻이 엿보여 그것이 고마웠고, 어깨에 닿는 손길이 내 떨리는 가슴을 아주 조금은 가라앉게 해 줬다.

물을 가지고 돌아온 감초 삼촌은 캄보디아에서 선교하며 어려웠던 아빠의 고생, 안타까웠던 엄마의 심리 상태를 애정 어린 시선으로 전했다. 아빠가 유일하게 소통하는 사람인 만큼 우리 집 사정을 속속들이 꿰고 있었다. 나보다 더. 나는 모든 게 내 탓인 것처럼 고개를 푹 숙이고 잠잠히 듣고만 있었다.

"그러니까 하람아."

감초 삼촌은 테이블 위에서 깍지를 끼고 있던 내 손을 잡았다.

"네가 엄마를 이해해 주렴. 불쌍하잖아. 그렇게 아이를 잃고……."

"탁!"

권 경위가 갑자기 테이블을 내리쳤다. 감초 삼촌 눈이 휘둥그레졌다.

"그럼 하람이는요!"

권 경위 눈에 힘이 들어갔다. 감초 삼촌이 어안이 벙벙한 표정으로 나를 보더니 다시 권 경위 쪽에서 시선이 멈췄다.

"하람이는 안 불쌍해요? 왜 얘가 엄마의 상처, 고통을 모조리 뒤집어써야 하냐고요. 왜요? 그날 자지러지게 울어서요? 아니면 그런 엄마에게서 태어난 죄로요? 얘가 태어나고 싶어서 태어났어요? 얘 아픈 건 누가 알아줄 건데요. 누가요!"

흥분한 권 경위의 목소리가 너무 컸다. 카페에 있던 사람들이 모두 우리 쪽을 봤다. 나도 너무 놀랐다. 그런데도 권 경위는 자신이 마치 그 일을 당한 것처럼 따졌다.

"그 엄마는 술에라도 의지했지. 극진히 보살펴 주는 남편이라도 있었지. 하람이는요? 하람이는 누구한테 의지해요? 어디다 대고 힘들다고 말해야 해요. 부모라는 사람들이 자기 상처에 빠져서 왜 이렇게 무책임해요? 최소한 이 애!"

권 경위가 내 등에 손을 얹었다.

"최소한 이 애가 잡고 버틸 만한 애정의 끄나풀 정도는 내밀어 줘야 할 거 아니에요. 그것까지 외면하면 어떻게 버티라고. 어른이 왜 그렇게 모질어요."

권 경위는 분한 표정으로 아랫입술을 꽉 깨물었다.

"그렇잖아요. 아무것도 모르는 어린애가 자기를 얼마나 탓했겠냐고요. 내 잘못으로 엄마가 화났다, 내가 엄마를 슬프게 했다고 하면서 얼마나 자책했겠냐고요."

감초 삼촌은 아무 말도 하지 않고 권 경위가 진정될 때까지 기다렸다. 그대로 얼마나 지났을까. 권 경위 얼굴이 차분히 가라앉더니 꽉 문 입술을 풀었다.

"흥분해서 죄송해요."

감초 삼촌은 괜찮다고 했다.

"저도 미처 하람이까진 생각 못 했네요."

나와 눈이 마주친 감초 삼촌의 눈 흰자위가 빨갛게 변했다. 진심으로 나를 애틋하게 여기는 눈이었다.

카페를 나오면서 감초 삼촌이 휴대폰을 개통하자고 했다. 무슨 일이 있으면 연락해야 하지 않겠냐면서. 신형 휴대폰을 사 준다는 말에 내가 할머니 휴대폰을 쓰고 싶다고 했더니 바꾸고 싶으면 언제든지 말하라고 했다. 그러고는 무거운 옷 가방을 집에 가져다 두겠다며 차에 싣고 갔다.

경찰서로 먼저 돌아간 권 경위에게 전화를 걸었다. 무슨 일이 있으면 전화하라면서 카페 냅킨에 적어 준 전화번호 열한 자리. 한국에서 처음 받은 내 전화번호로 거는 첫 통화였다.

신호가 가고 "네!"라는 사무적인 말투가 들렸다.

"저…… 하람이요."

우리 사이에 잠깐의 침묵이 진하고 묵직하게 흘렀다.

"전화 개통했구나."

"네……."

더 말하고 싶은데 말이 너무 뜨거워서 뱉을 수 없었다.

"잘했어. 이 번호 저장해 둘게. 무슨 일 있으면 연락해."

"……네."

"고맙다."

내가 마음에 품은 말, 차마 입이 떨어지지 않아 못 했는데. 고맙다는 말로는 내 마음을 다 담을 수 없어서 함부로 할 수 없었는데 이렇게 먼저 해 주다니. 분명 내 맘과 통하는 사람이다.

"……저도요."

그래도 이 말은 좀 쉬웠다.

권 경위가 반가운 소식이 있다며 차 털이범 중 한 명이 잡혔다고 했다. 그 애가 나를 모른다고 했단다.

"그러니까 넌 완전히 혐의를 벗은 거야."

그 말을 듣자마자 엄마 생각이 났다. 왜 그랬는지 모른다. 보고 싶었다.

하지만 체육관으로 뛰었다. 지금 엄마를 보면 "엄마!" 하고 부를 것 같아서.

파이트!

"야, 하람이 너. 이렇게 예뻐져 나타나면 반칙이지. 경고야, 경고! 옐로카드."

체육관 문을 열자 원지가 사무실에서 뛰쳐나왔다. 사장이 준 옷을 보고 잘 어울린다, 얼굴이 환해졌다, 운동선수가 아니라 모델을 해야겠다며 내 주위를 빙빙 돌았다. 그 수다스러움 덕분에 주변 사람들 시선이 내게 집중되었다. 다들 한마디씩 예쁘다고 거들어 주는 바람에 남의 옷을 얻어 입은 창피함은 어느새 날아가 버렸다. 이렇게 나를 달래 주는 사람들이 곁에 있다는 게 신기했다. 그럼에도 나는 웃을 수 없었다.

"너, 좀 이상하다. 무슨 일 있어?"

원지가 내 어깨를 돌려세우며 물었다. 아무 말도 하고 싶지 않았다. 말한다고 후련해질 것 같지도 않았다. 어디서부터 어떻게 말해야 하는지도 몰랐으며 누군가에게 내 속을 뒤집어 보이는 건 너무나 어려운 문제였다.

운동복으로 갈아입으면서도 뛰어오는 내내 머릿속을 뒤흔들었던 생각, 엄마는 지금 뭘 할까, 유준이를 예찬이라 부르며 과거로 돌아가 있을까, 하필 그날 자지러지게 운 나를 아직도 원망할까 하는 생각으로 마음을 다잡을 수가 없었다.

핸드랩을 감고 줄넘기했다. 목표한 10,000개를 넘었지만 계속 뛰었다. 계속. 그러다 줄넘기로 성에 차지 않아 10, 15, 20, 25파운드짜리 튜빙 밴드들을 한꺼번에 연결한 그립 바를 잡았다. 이를 악물고 죽을힘을 다해 당겼다. 근육이 찢어질 것 같았고 내 심장은 터질 것 같았다. 내가 죽는다고 한들 울어 줄 사람 하나 있을까. 내 죽음에 고통스러워 넋을 놓아 버리는 사람 하나 있을까. 징글징글하게 죽음의 수렁에서 벗어나지 못하는 사람이 딱 한 명이라도 있을까. 있다면 나는 그 사람에게 무슨 말을 해 줄 수 있을까. 이미 나는 죽어 버렸는데 생각한들 무슨 소용이냐고 해 줄까. 그토록 못 잊어 주니 고맙다고, 평생 나를 기억에 담고 살아 달라고 부탁할까. 다 부질없는 짓이니 그만 잊어 달라고 부탁할까. 머릿속에서 난 땀이 얼굴을 타고 내려와 턱에서 가슴골로 뚝뚝 떨어졌다. 옷이 땀으로 다 젖었다. 그런데도 부족해서 30파운드짜리 초록색 튜빙 밴드를 걸었다.

"야, 이 녀석이. 너 왜 이래?"

관장이 스파링을 하다 말고 급히 달려와 내 손에 잡힌 튜빙 밴드를 낚아챘다.

"오늘만 운동하고 말 거야? 어? 운동을 오기로 해?"

그 표정이 장난 아니게 매서웠다. 목소리가 어찌나 큰지 체육관이 쩌렁쩌렁 울렸다. 운동하던 사람들이 모조리 쳐다보고 사무실에 있던 원지까지 달려와 무슨 일이냐고 물었으니 이런 관심은 달갑지 않다. 오늘만큼은 나 좀 그냥 내버려 뒀으면 좋겠다. 말도 못 하고 몸도 가누지 못하던, 기억도 안 나는 어릴 때 한 번 자지러지도록 운 죄로 인생이 통째로 쓸려 버린 나를, 누구도 거들떠보지 않는 나를, 엄마가 내동댕이친 나를 이 사람들도 못 본 척해 주면 좋겠다.

"너, 오늘 운동하지 마!"

관장은 매몰차게 나를 밀어냈다.

"아이씨! 그냥 냅둬요! 좀!"

관장이 눈을 부릅떴다. 원지하고 무하가 나를 양쪽에서 잡았다.

"놔!"

나는 몸을 격렬히 흔들어 애들을 털어 냈다. 엄마에게 연연했던 미련을 털어 내듯.

"재수 없어."

내가 나한테 한 말이다. 내가 태어난 것, 쥐뿔, 개뿔, 어떤 일이 벌어질지도 모르고 울어 댔던 일에 대한 화풀이고 울분이 터진 거다. 체육관을 나가려고 하자 관장이 내 팔을 잡았다.

"네 속에서 뭔가 끓어오르는 것 같은데."

관장이 말을 끊고 내 눈을 뚫어지게 봤다. 나도 지지 않고 눈을 치뜨며 마주 봤다. 내 속마음을 읽어 낸 그 눈을.

"좋다. 한번 붙어 봐라. 심판 봐 줄 테니. 단, 무슨 일인지 모르겠지만 지면 깨끗하게 잊는 거다. 누구? 무하랑 붙어 볼래?"

무하가 손사래 쳤다. 나도 저런 순둥이랑은 붙고 싶지 않다. 나를 흠씬 두들겨 패 줄 센 놈을 원한다. 나도 상대의 갈비뼈든 정강이뼈든 하나쯤 작살내고 싶으니까.

그런데 원지가 무하를 툭 치며 시합 전에 실전 연습해야 한다며 등을 밀었다. 관장도 재차 무하를 보며 고개를 끄덕였다. 잠깐 망설이던 무하가 앞으로 나섰다.

"그래. 무하가 해라. 봐주지 말고. 한 방 케이오도 좋아."

"파이트!"

관장이 시작을 알림과 동시에 나는 돌진했다. 이기고 싶은 게 아니라 싸우고 싶었다. 킥부터 날렸다. 어디를 어떻게 공격할 것인지 어떻게 방어해야 하는지, 언제 들어가야 하는지 계산 따위는 필요하지 않았다. 일단 내 주먹을 꽂아야 했고 사납고 강한 내 킥의 맛을 누구한테든 보여 주고 싶었다. 만만하게 보지 말라고, 나도 때릴 수 있고 차 버릴 수 있다고. 그래서 거리를 좁히면서 힘을 실어 왼손 펀치를 날렸다.

내 주먹은 무하의 왼쪽 귀를 스쳤다. 휘청, 몸이 흔들렸지만 바로 아웃사이드 킥을 때렸다. 무하는 쭉쭉 주먹을 뻗으며 나를 압박했다. 순둥순둥하던 눈빛이 다른 사람처럼 매서워졌다. 그래도 나는 안 질 거다. 질 수 없다. 허리를 숙이며 태클을 시도했다. 하지만 거리가 너무 멀었다.

거리와 스텝 싸움에서 더 이상 밀리지 않기 위해 연타를 노렸다. 무하는 완벽한 타이밍에 허리를 숙여 내 오른 다리를 잡더니 어깨로 내 갈비뼈 아래를 밀며 들어왔다. 그럴 줄 알았다. 나는 뒷다리를 벌려 무게 중심을 넓혔다. 얻어걸려도 좋으니 한 방 날리고 싶어 체중을 실어 주먹을 휘둘렀다.

내 주먹이 헛나가는 틈에 무하가 왼쪽 다리를 갈고리처럼 걸어 나를 넘어뜨렸다. 이런. 나는 몸이 접힌 상황에서도 이를 악물고 주먹을 내리꽂았다. 그러나 팔이 잡힌 터라 주먹은 뻗어 나가지 못했다. 나는 반사적으로 두 다리를 들어 무하의 목에 걸고 허벅지와 종아리를 이용해 조르기에 들어갔다. 하지만 다리에 힘이 가해지지 않았다. 무하가 공격과 방어를 동시에 하고 있었던 거다. 그 상태로 시간이 지나자 무하가 힘을 빼며 공간을 허락했다. 그 틈에 나는 몸을 홱 돌려 빠져나왔다.

허리를 굽히며 돌진하려는 내게 무하가 긴 팔을 이용해 타격하며 동시에 킥을 날렸다. 몸을 숙이며 피했지만 적중했다. 바로 이

어지는 인사이드태클.* 나는 벗어나려고 잽싸게 몸을 틀었지만
다스 초크**에 걸렸다. 곧장 니 킥이 날아왔다. 입술이 터졌다. 한
번 더 날아온 니 킥에 나는 무릎을 꿇었다. 그리고 그대로 바닥에
뻗어 버렸다.

　관장은 무하의 팔을 올리며 "승!" 하고 외쳤다. 나는 바닥에 뻗
은 채 터져 나오는 숨을 골랐다.

　나는 졌다.

"한풀이 좀 됐어?"

　씻고 나오니 관장이 내 마음을 다 읽었다는 듯 웃었다. 씻으면
서 보니 눈가가 터지고 멍이 들었다. 입술은 부어올라 인중이 사
라졌다. 아프지는 않았다. 져서 성질이 나고 양껏 덤비지 못해서
화딱지가 날 뿐이었다. 더 터지고 뼈 하나쯤 부러지거나 바스러
졌어야 했다. 원지가 연고를 가져와 얼굴에 발라 줬다. 귀찮았지
만 내버려뒀다. 나를 위해 주는 그 손길이 고마웠으니까.

　그 사이 무하도 씻고 나왔다. 원지는 또 호들갑스럽게 오늘 잘
싸웠다고, 다친 데는 없냐고 무하 몸을 수색하며 물었다. 무하는
없다면서 아주 익숙하게 원지 어깨를 두드렸다. 그러고는 나를

---

* 　상대보다 중심을 낮춘 다음 양팔로 상대의 다리를 잡고 잡아당겨 머리와 가슴
　을 이용해 밀어 넘기는 기술.
** 　겨드랑이 쪽에 손을 깊게 넣어 상대를 누르는 기술.

보더니 대뜸 관장에게 물었다.

"하람이 잘하죠?"

난데없는 질문에 내가 당황했다. 관장은 기대 이상이라고 했다.

"주먹이 와도 피하지 않고 파워가 있어. 승부욕도 강하고. 스피드도 괜찮아. 기술 좀 쌓고, 막무가내로 덤비는 것만 고치면 아주 좋겠어."

그 말을 들으니 속이 좀 풀렸다. 나의 가능성을 평가해 주는 거, 지금은 그것도 내게 필요한 양분이었다. 이것이 내겐 작은 구원이다. 그 구원을 지금 이 사람들이 내게 주고 있다. 내 믿음을 확인하지도 않고.

관장은 책상 서랍을 열더니 작은 종이 상자를 건넸다. 바르는 파스라고 했다.

"얼음찜질하고 자기 전에 발라. 지금은 몰라도 밤에 아플 거야."

아이씨, 진짜. 이런 호의는 쓰린 상처에 호 불어 주는 입김 같다. 고맙다고 말하면 내 마음을 들킬 것 같아 말없이 받아 가방에 넣었다.

"야, 야. 너, 그렇게 넣으면 잊어 먹고 안 바른다. 이것 봐. 이대로 따라 해."

원지는 벽에 붙은 종이를 가리켰다. 거기에는 근육 마사지법이 그림으로 설명되어 있었다.

"허벅지는 이렇게, 이렇게……."

원지가 양손으로 허공을 마사지하듯 주물렀다. 그런데 나는 그 옆에 붙은 포스터가 더 눈에 들어왔다. 여자 선수 타이틀전이었는데 주먹을 쥐고 앞을 노려보는 두 선수의 눈빛이 강렬했다. 강원도 원주에서 열리는 경기였다.

내 시선이 거기에 꽂힌 걸 눈치채고 원지가 투덜거렸다.

"이제 보이냐? 두루두루 관심 좀 갖고 살아. 대체 뭘 보고 사는 거야. 옆에 있는 나도 보고, 무하도 보고, 관장님도 보고, 이런 것도 보고."

원지가 포스터를 손바닥으로 쳤다. 지난번 밥 먹을 때 얘기했다면서 다음 주 토요일에 관장이랑 다 같이 경기를 직관하러 간단다.

"저도 갈래요."

관장은 곤란한 얼굴로 이미 신청이 끝났다고 했다. 차에 탈 수 있는 인원이 넘어 늦게 신청한 사람 모두 커트했단다. 원지가 나서서 혹시 취소하는 사람 있으면 대신 나를 넣어 주라고 했다. 관장은 그런 부탁하는 사람 한둘이 아니라면서 선수부 애들을 지도하러 갔다. 나는 꼭 가고 싶었다. 휴대폰을 꺼내 사진을 찍었다. 원지는 휴대폰을 보고는 언제 개통했냐며 내 번호를 묻고 자기 번호를 눌러 줬다. 무하도. 그렇게 내 휴대폰 속으로 그 애들이 자연스럽게 들어왔다.

원지는 자기네 가게에서 같이 저녁을 먹자고 했다. 시간이 벌써 6시 30분을 넘어가고 있었다. 엄마를 마주할 생각을 하니 심장이 다시 비틀거렸다. 잠깐 들를 데가 있다는 핑계로 무하와 원지를 먼저 보냈다.

체육관을 나와 뛰지도 못하고 걸었다. 내 기억에도 없는 울음으로 뒤범벅된 이 운명을 어떻게 가다듬어야 할지 모르겠다. 솔직히 예찬이를 잃은 엄마의 슬픔, 절망, 고통을 짐작할 수도, 가늠할 수도, 상상할 수도 없다. 그저 남의 다리에 난 상처를 보는 것처럼 아프겠다, 쓰라리겠지 할 뿐 내게는 그 아림이 느껴지지 않는다. 그것보다 차라리 내 입술의 얼어터진 자리가 혓바닥에 닿는 감각이 훨씬 생생했다.

더 걷지 못하고 근처 버스 정류장에 멍하니 앉았다. 그날 사고 이후 엄마의 슬픔은 내게 씌워진 덫이고 올가미다. 이제 엄마가 앓고 있는 고통의 원인을 알아 버린 이상 나를 봐 달라고 할 수가 없다. 내가 먹고 자고 자라는 모습을 보면서 더는 자라지 않는 기억 속 아들을 얼마나 애타게 불렀을까. 다들 너무 쉽게 잊으라고, 잊으면 끝난다고 하는데 고통은 그런 게 아니다. 잊을 수 없어서 고통이다. 이제 엄마 근처를 맴돌며 엄마를 볼 자신이 없다.

인자하신 하나님이라면서 이럴 때 나 좀 도와주지. 인자는 어디에 팔아먹고 나를, 아니 엄마를…… 아빠를 그리고 예찬이까지 이토록 모질고 가혹하게 몰아붙인단 말인가. 어떤 고통 중에도 믿으면, 말씀대로 살면 구원해 준다는 턱없는 조건을 내걸고 아빠가, 엄마가 살려 달라며 울부짖고 매달리게 만들었다. 인간의

나약함을 시험하는 것도 아니고. 그 작전에 놀아난 아빠도, 엄마도, 나도 너무 불쌍하다.

전화가 울렸다. 원지다.

"너, 어디야? 왜 안 와?"

"……."

"무슨 일 있어?"

갑자기 원지 목소리에 긴장이 흘렀다.

"……아니."

"어? 진짜지? 그럼 빨리 와. 김밥 다 식잖아."

내 대답을 듣기도 전에 자기 엄마 김밥은 뜨끈할 때 먹어야 제맛이라고 엉뚱한 소릴 했다. 이렇게 날 챙겨 주는 애, 짜증 나게 고맙다. 그렇지만 엄마가 있는 그곳에 아무 일도 없었다는 듯 들어서기에는 지난 십칠 년 동안 나를 누르고 있던 감정의 거적이 너무 무거웠다. 그걸 후련하게 걷어 낼 용기가 아직 내게는 없다.

일단 간다고 하고 전화를 끊었다.

사람들이 오가고 버스를 여러 대 보냈다. 어둠은 짙어졌고 기온은 맥없이 떨어졌다. 머리가 멍해지면서 이제는 엄마 생각도 나지 않았다. 허공에 붕 뜬 듯 그저 멍했다. 가슴이 허벅지에 닿도록 몸을 숙이고 손깍지를 껴 이마에 댔다.

'하나님, 저 좀 도와주세요. 내가 어떻게 해야 하는지 알려 주세요.'

기도가 절로 나왔다. 욕하고 원망하고 따지고 들었지만 그래도 기댈 구석이 여기뿐이다. 솔직히 내가 할 수 있는 건 그것밖에 없었다.

시간이 얼마나 흘렀는지 모르겠다.

"야! 이하람!"

내 등짝을 사정없이 내리갈긴 애는 원지였다. 고개를 드니 씩씩거리며 나를 쏘아보았다.

"너 여기 있으면 어떡해."

원지가 내 앞에서 발을 동동 굴렀다.

"너 또 잡혀간 줄 알고 얼마나 걱정했는데. 지구대까지 갔다 왔잖아. 경찰서에도 연락하고. 또 오줌 싸는 애 망봐 주다가 걸린 줄 알았다고!"

버스 정류장에 있던 아줌마가 어리둥절하다가 키득거렸다.

"대체 넌 어떻게 돼먹은 애가 친구가 걱정할 건 생각지도 않냐."

원지는 말을 하면서 바쁘게 휴대폰을 눌렀다.

"무하야, 찾았어. 여기 버스 정류장. 잔뜩 웅크리고 있더라니까. 그러니까. 응, 응. 알았어."

전화를 끊은 원지는 씩씩거렸다. 놀라고 걱정한 기운이 콧김이 되어 내 볼에 닿았다. 이토록 뜨겁게 나를 걱정한다고? 나를? 왜? 뭣 때문에?

전화가 왔다. 권 경위였다. 운동하고 나왔더니 무하와 원지, 경찰서에서 연락이 와 있었다면서 무슨 일 있냐고, 어딨냐고, 괜찮냐고. 나는 원지 만났고 애들하고 연락이 안 돼서 그런 거라고 걱정하지 말라고 알려 줬다. 나 하나 때문에 이런 소란이 일어나다니 내 삶에는 얼토당토않은 일이었다. 조금 있으니 무하가 배달 오토바이를 타고 왔다.

"아, 글쎄 무슨 청승으로 여기 계속 이러고 있었단다. 이 추운 날씨에."

이상하게 원지의 쌀쌀맞은 말투에는 사람 마음을 녹이는 정다운 바람이 숨어 있다. 그래서 나도 모르게 원지에게 자꾸 녹아든다.

오토바이에서 내린 무하가 장갑을 벗어 내게 내밀었다. 그제야 내 손이 제대로 얼어 있다는 걸 알았다.

"자, 자. 얼른 껴. 동상 걸리겠다. 그렇지만 이번만이야. 무하 장갑 끼는 거. 너도 이번만 빌려줘야 해. 또 그랬단 봐. 용서하지 않을 거야. 아니다. 내가 집에 있는 장갑 하나 너 줄게."

원지는 꽉 쥔 내 손을 풀어 장갑을 끼웠다.

"이 손 좀 봐. 제대로 얼었네, 얼었어."

원지가 장갑 낀 내 손에 입김을 호호 불었다.

"우리 따뜻하게 붕어빵 먹자."

"붕어빵?"

무하 말에 원지가 주위를 두리번거렸다.

버스 정류장 뒤 코너 상가에서 김이 모락모락 나고 있었다. 노

릇하게 구워진 연갈색 붕어, 그러니까 붕어빵이라는 것이 줄줄이 놓여 있었다. 분홍색 앞치마를 입은 할머니가 "춥지? 어서 와." 하며 반갑게 맞아 주었다.

"아이고야, 얼굴이 왜 그래? 누구랑 싸웠어?"

할머니가 내 얼굴을 보고 놀랐다. 원래 아는 사이인가 싶게 할머니 말투가 정겨웠다.

"할머니, 싸운 거 아니고 얘는 선수, 선수. 복싱 선수."

원지가 두 주먹을 뻗으며 섀도복싱을 흉내 냈다. 할머니는 내 얼굴을 찬찬히 보더니 안 아프냐고 물었다. 괜찮다고 하니 다치지 않게 살살 하라고 일렀다. 돌아가신 할머니가 해 주는 말 같아서 뭉클해졌다.

무하는 추울 때는 붕어빵이 최고라면서 어묵 국물을 종이컵에 떴다. 할머니는 빵틀에 노란 주전자로 반죽을 부었다. 그리고 검붉은 앙금을 차례로 넣었다. 너무 신기하고 무슨 맛일지 궁금해서 나도 모르게 물었다.

"할머니, 그거 뭐예요?"

무하와 원지가 동시에 나를 봤다. 그것도 모르냐는 눈으로.

"오메, 붕어빵 처음 먹어 보는 갑네. 자, 어서 하나 먹어 봐."

할머니가 갓 구워 나온 붕어빵 하나를 내게 건넸다. 당황한 나는 나도 모르게 "어꾼(감사합니다)." 하고 두 손으로 받았다. 따끈한 촉감이 좋았다.

"어꾼?"

원지가 붕어빵을 입에 가져가려던 내 손을 잡았다. 무슨 말이냐고, 어느 나라 말이냐고 물었다. 맞다. 여기는 캄보디아가 아니었다. 이제까지 캄보디아어가 튀어나올까 봐 내내 긴장하고 있었는데, 어느새 긴장이 풀렸나 보다.

"어디서 왔어?"

할머니가 나를 찬찬히 보더니 물었다.

"캄보디아요."

무하와 원지는 "진짜야?" 하고 거듭 물었다. 나는 고개를 끄덕이며 캄보디아에서 살다 왔음을 알렸다. 아빠가 선교사며 엄마와 둘이 온 것도 말했다. 원지는 처음 봤을 때 레게 머리가 독특하다고는 생각했는데, 한국말을 너무 잘해 외국에서 왔을 거라고는 생각지도 못했다며 진짜냐고 몇 번을 물었다. 한국인 선교사가 운영하는 한국 학교에 다녔다고 말하자 고개를 끄덕였다. 거기서 한국 문화도 가르쳐 주고 한국 뉴스, 영화와 드라마도 보니까 한국에 와서도 그다지 이질감이 없었다. 긴장되었던 것만 빼면.

무하는 어쩐지 SNS에서 메시지를 주고받을 때 우리나라에 있는 게 아닌 듯했다면서 뭔가 숨기는 것 같았지만 알려 주지 않기에 말하고 싶지 않구나 싶어서 묻지 않았다고 했다. 엄마 이야기도. 단순하고 무심해서 넘어간 게 아니라 날 위한 배려였던 거다.

"오구구, 우리 무하가 이렇게 속이 깊어요."

원지는 무하 등을 다독다독했다.

붕어빵은 달콤하고 어묵은 쫄깃했다. 값이 칠천 원이 나왔는데 서로 내겠다고 해서 작은 실랑이가 벌어졌다. 무하는 자기가 먹자고 했으니 자기가 내는 게 맞다고 우겼고 원지는 선수 관리 차원에서 매니저가 내는 게 맞다고 성화였으며 나는 나 때문에 힘들었으니 내겠다고 했다. 보다 못한 할머니가 각자 똑같이 나눠서 이천 원씩 주라고 했다. 천 원은 할머니가 쏜다고.

"대신 다음에 또 와야 혀."

무하가 배달 콜을 잡고 오토바이를 타고 먼저 갔다. 내가 버스비를 꺼내자 원지가 편의점으로 나를 끌고 들어갔다.

"이게 교통 카드야. 충전해서 쓰면 할인도 돼. 편의점에서 물건도 살 수 있고."

영화나 드라마에 나오지 않는 소소한 한국 시스템을 원지가 차근차근 알려 줬다. 엄마 요금도 내가 같이 낼 수 있다는 말에 하나만 샀다. 그리고 이만 원을 충전했다. 내 돈을 카드에 넣은 건데 왜 부자가 된 느낌인지 모르겠다. 마음이 꽉 차오르는 느낌. 이 부자의 느낌은 돈과는 상관없는 충만함이었다.

이제는 진짜 엄마에게 가야 한다. 부딪히지 않고는 피해 갈 방법이 없으므로.

상처엔 연고

　내가 도착하니 엄마는 유준이에게 밥을 먹이고 있었다. 유준이
는 엄마가 먹여 주는 밥을 잘도 받아먹었다. 엄마가 유준이 입가
에 묻은 밥풀을 떼어 자기 입에 넣고 우적우적 씹는 흉내를 냈다.
유준이가 까르르 웃었다. 엄마가 유준이 볼을 감싸고 같이 웃었
다. 엄마의 환한 웃음인데 내 가슴이 아렸다. 엄마는 아직도 유준
이를 예찬이로 보는 것 같아서. 분명 예찬이에게 저렇게 했을 것
같아서. 죽은 예찬이보다, 남의 자식 유준이보다 여기 살아 있는
엄마 딸 있다고 소리치고 싶어서.

　유준이에게 눈을 떼지 않는 엄마에게서 나는 눈을 돌렸다. 늘
엄마를 좇던 내 눈이 이제 포기하려는 내 맘을 알아챘는지 따끔
거렸다. 젠장할. 이런 때는 모른 척 좀 해 주지. 시큰 올라오는 눈
시울이 너무 매워 잔뜩 찡그리며 비벼 버렸다. 얻어터진 대가로

잔뜩 부어 있는 내 얼굴이 만져졌다.

"다들 여기 있었네."

관장이 김밥집에 들어섰다. 원지 엄마와 인사한 뒤 휴대폰을 보며 딸과 아들, 아내가 주문한 김밥 종류를 말했다. 원지 엄마는 관장 딸의 김밥 종류가 바뀐 것까지 알아차렸다. 관장은 딸이 요새 다이어트를 한다는 소식을 전하며 빙그레 웃었다. 체육관에서 보는 모습과 달리 가족에게는 자상한 아빠 같았다.

"관장님, 여기 하람이 엄마도 계세요."

원지 말에 관장이 "안녕하세요." 인사하며 다가왔다. 엄마는 유준이에게서 눈을 돌려 다시 만난 관장에게 정중하게 허리를 숙여 인사했다. 세상에. 저렇게 점잖고 얌전하고 우아할 수 있는 게 엄마다. 분명 내가 아는 엄마는 아니지만.

관장은 퉁퉁 부은 내 얼굴을 보며 멋쩍은 듯 말했다.

"오늘 하람이가 경기를 좀 세게 했어요. 살살 시켰어야 하는데 죄송합니다. 하람이 어머님."

그러고는 "하람이는 분명 훌륭한 선수 될 거예요."라며 믿고 맡겨 달라고 덧붙였다. 나는 오히려 시원했다고 말해 주고 싶었다. 어차피 엄마는 얻어터진 내 얼굴을 쳐다보지 않으니 신경 쓰지 않아도 된다고 알려 주고도 싶었다. 그런데 아뿔싸!

엄마가 나를 보고 있었다. 몹시 놀란 눈으로. 마치 이제야 내가 보인다는 듯, 내 존재를 잊고 있다가 만난 듯 몸을 일으켰다.

"어쩌다…… 얼마나…….".

엄마의 놀란 목소리에 내가 더 기겁했다. 엄마가 나를 보고, 내 얼굴 상태를 보고 말한 것이다. 나를 보는 엄마의 시선에 놀란 내 몸의 모세 혈관들이 찌르르 자세를 곧추세웠다.

원지가 나서서 나와 무하가 체육관에서 한판 붙었다면서 엄마를 향해 섀도복싱 흉내를 또 냈다. 붕어빵 집에서처럼. 어느새 배달에서 돌아온 무하도 관장이 나를 칭찬했다면서 종합 격투기 유망주라고 엄지를 치켜세웠다.

엄마가 내게 한 발짝 더 다가왔다. 어……. 나는 어떻게 해야 하지? 손은? 몸은? 눈은 어디를 봐야 해? 뭐라 해야 하지. 괜찮다고? 아니면 "나 여기 다쳤어." "쟤가 때렸어." "관장님이 나 잘한대." 같은 말들을 해야 하나. 도대체 무슨 말을 먼저 해야 하는 거지. 심장이 빨라지고 숨이 가빠졌다. 너무 떨려서 그대로 달아나고 싶었다. 엄마가 더 가까이 오면 그대로 주저앉아 버릴지 모른다. 그때,

"김밥 다 됐어요."

원지 엄마다.

"이……모."

동시에 유준이가 의자에서 내려와 엄마 다리를 잡았다. 유준이의 매달림에 엄마는 유준이를 잠깐 내려다보고 다시 나를 봤다. 오래도록.

"하람이 어머님, 저 먼저 가겠습니다. 얘들아, 내일 보자."

관장은 포장된 김밥을 들고 나갔다. 내가 먼저인지 엄마가 먼저인지 모르겠지만 우리는 관장 인사에 눈 마주침을 끝냈다.

포스기에서 주문 알림이 울렸다.

"경찰서? 10인분?"

원지 엄마는 경찰서에서 처음으로 주문이 들어왔다며 날 봤다. 내 덕분에 경찰서에서 주문이 들어왔다고 생각하는 것 같았다. 나는 한 일도 없는데. 왜 이렇게 돌아가는 것일까.

버스 시간에 맞춰 김밥집에서 나왔다. 엄마는 유준이에게 "안녕. 내일 또 만나자." 하고 손을 흔들었다. 이름을 부르지는 않았지만 이제는 유준이를 예찬이로 착각하는 것 같지 않았다. 그러니 내 마음이 더 복잡해졌다. 엄마는 아직 내가 예찬이 죽음을 아는 사실을 모르는데 언제까지 모른 척해야 하는 것일까. 평소와 똑같이 엄마를 대할 수 있을지도 모르겠고, 죽은 자식은 귀하고 아깝고 애처롭고 갸륵하면서 당장 앞에 살아 있는 자식에게는 왜 이렇게 모진 거냐고 따질 자신도 없었다. 그게 나였다.

버스 정류장까지 배웅 나온 무하는 내일은 얼굴이며 몸이 더 부을 거라면서 꼭 얼음찜질하고 자라고 했다. 저렇게 친절한 애가 경기할 때는 맹수의 눈빛으로 돌변하여 무시무시한 공격을 퍼부을 수 있다니 알다가도 모를 일이다. 원지도 질세라 파스 마사지하는 것도 잊지 말라고 덧붙였다. 안심이 안 되는지 "하람이 그

냥 자려고 하면 꼭 파스 마사지하라고 해 주세요."라고 엄마에게
도 당부했다.

버스에서 나는 엄마 뒷자리에 앉았다. 엄마 뒤통수가 정면으로
보였다. 저 머리에 예찬이가 박제되어 있다. 더 자라지도 않고 세
살 모습 그대로. 사라지지 않는 기억, 없애고 밀어내 버릴 수 없
는 애달픔, 기도로도 말씀으로도 술로도 치유할 수 없는 가슴속
피멍. 내가 엄마 상처를, 아픔을 낫게 할 방법은 없다. 기억나지도
않는 울음을 잘못했다고 빌 수도 없고 또 빈다고 해결될 문제도
아니었다.

엄마의 깊고 깊은 상처를 알았지만 아직은 나도 나를 밀어내던
엄마를 용서할 수 없다. 내가 선택해서 태어난 것도 아닌데 내 삶
을 통째로 뭉개 버렸다. 이제 난 어떻게 해야 하나. 책장을 넘기듯
고민을 하나씩 넘길수록 새로운 고민이 보였다. 그렇다고 당장
내가 할 수 있는 일은 없었다.

집에 온 엄마는 수건을 들고 화장실로 갔다. 나는 냉동실에 얼
음을 얼리고 파스를 몸에 발랐다. 그 사이 원지가 잘 들어갔냐고
연락이 왔다. 무하랑 셋이 있는 단톡방을 만들고 이름까지 지었
다. '파이트!' 경기의 시작을 알리는 이 구호가 우리의 시작도 알
리는 거라고 했다. 무하는 생각나는 게 이것밖에 없었던 거 아니
냐고 타박했지만 원지는 꿋꿋하게 아니라고, 절대 아니라면서 더

좋은 이름 있으면 말해 보라고 했다. 무하는 좋은 이름은 없고 나쁘지 않으니 그냥 사용하자고 했다. 티격태격하면서도 호흡이 잘 맞는 두 친구였다.

옷 가방을 집에 가져다준 감초 삼촌에게 고맙다고 메시지로 인사를 남기고 지퍼를 열었다. 사장은 안 입는 옷을 정리했다고 했지만 티셔츠에서부터 바지, 스웨터까지 골고루 챙겨 주었다. 운동화도 세 켤레가 별도로 들어 있었다. 거기에 목도리까지.

엄마가 샤워를 마치고 나왔다. 코로 냄새를 맡는 듯하더니 식탁 위에 있던 튜브 파스를 손에 들고 용기에 쓰인 설명을 유심히 읽었다. 머뭇거리며 식탁 의자에 앉았다가 싱크대 앞으로 가더니 포개진 그릇을 뺐다가 다시 포갰다. 할 일이 있는지 할 말이 있는지 방에 들어가지 않고 서성댔다. 옷이며 내 얼굴이 터진 것이며 이것저것 궁금한 눈치였지만 내게 직접 묻지는 않았다. 내게 말을 거는 거, 그동안 너무 안 해서 그 방법까지 잊어버린 게 아닐까.

옷을 정리하는 중에도 나의 모든 촉수는 엄마를 향했다. 엄마가 손에 파스를 들고 어떻게 해야 하나 고민하는 기색, 퉁퉁 부어 있는 내 얼굴을 보며 많이 아프지 않을까 염려하는 것까지 느껴졌다. 그걸 아니까 나는 고개를 들지 못했다. 엄마와 눈을 마주칠까 봐.

예찬이 사건의 경위를 알게 된 오늘, 엄마와 나 사이 경계에 서 있던 두꺼운 벽이 왠지 모르게 살짝 열린 것 같았다. 그 틈으로 이제 엄마가 조금은 선명하게 보인다. 그렇지만 우리 둘은 어찌할 줄 모르고 엉거주춤 어설프게 서 있다. 눈이 마주칠까 봐 서로 마주 보지도 못하면서.

한참 멈칫거리던 엄마는 파스를 식탁에 가만히 내려놓고 방으로 들어갔다. 나는 닫히는 방문 속으로 사라지는 엄마의 뒷모습을 멍하니 보았다.

"너희 엄마 가족 없이 자라 아이에게 애착이 너무 컸어. 그런데 예찬이 죽음으로 모든 것이 무너졌고 자신마저 한순간 놓아 버렸지. 자기 같은 사람이 주제넘은 꿈을 꾸었다고 어찌나 자책하던지. 그때 너희 아빠의 사랑도, 신앙심도, 할머니의 애틋한 보호도, 갓 태어난 너마저도 너희 엄마가 버티게 도와주지 못했어. 버티는 것도 자기 의지가 필요한 법이니까."

감초 삼촌의 말을 되새겼다. 어떻게든 버틴다는 거, 말처럼 쉬운 일이 아니었다.

버스 정류장에서 할머니가 빌려준 옷을 세탁기에 넣고 돌렸다. 피로가 한꺼번에 몰려왔다. 삼십 분만 더 돌아가면 세탁이 다 끝난다. 널어 두고 자야 할 것 같은데 자꾸 눈이 감겼다.

*

"지은아! 지은아! 죽으면 안 돼."

구급차의 빨간 불빛이 요란하게 돌아간다. 신발을 신은 채 급하게 들어오는 구급대원들. 들것이 들어오고 누군가 실려 나간다. 아빠는 다급하게 엄마 이름을 부르며 뒤따른다. 애애앵, 길게 울리는 구급차 소리가 멀어지고 경광등 불빛이 사라졌을 때 나는 방에서 나온다. 널브러진 이불과 흥건한 피. 나는 그대로 주저앉는다. 새빨간 피보다 엄마가 죽을지도 모른다는 사실이 무섭다. 엄마 생명이 끊어지면 내 심장도 멈출 것 같다.

혼자 바들바들 떨고 있는데 아빠의 부축을 받으며 엄마가 돌아온다. 고이 눕혀지는 엄마. 나는 기어서 엄마에게 다가간다. 엄마는 눈을 감고 있다. 손목에 감긴 하얀 붕대가 섬뜩하다.

아빠가 기도한다. 중얼중얼…… 중얼중얼…… 콧물을 들이마시고 또 중얼중얼중얼. 엄마를 안고 싶은데 아빠가 안고 있고 엄마 눈을 보고 싶은데 눈을 뜨지 않는다. 손을 잡고 싶은데 잡으면 끊어질 것 같다. 엄마 품으로 파고든다.

"죽지 마."

"엄마 죽지 마."

"엄마 죽지 말고 나랑 떠나자."

내 몸이 따뜻해진다. 서서히.

엄마가 붕대 감은 손을 들어 올린다. 내 볼을 쓰다듬는다.

차다!

"아악!"

비명을 지르며 벌떡 일어났다. 축축한 수건이 날아가고 얼음 조각들이 튀었다. 눈앞에 두 발이 보였다. 시선을 쭉 올리니 엄마다. 내가 소리 지르며 일어나는 통에 놀란 엄마도 손을 벌린 채 그대로 멈춰 있다.

엄마 손바닥에 붙어 있던 하얀 크림이 뚝 바닥으로 떨어졌다. 떨어진 크림 옆으로 얼음과 수건, 튜브 파스가 뒹굴고 있었다. 내 몸엔 이불이 덮여 있고.

너무나 생소한 이 현장. 한 번도 그려 보지 못했던 이 장면. 그 안에 엄마와 내가 있다는 게 놀라웠다. 이럴 땐 어떤 말을 해야 하지. 너무 어색하다. 다행히 세탁이 다 되었다는 전자음이 울렸다. 얼른 일어나 화장실로 갔다.

빨래를 가지고 나오니 엄마는 어느새 방으로 들어가고 없었다. 잠이 오지 않았다.

오늘부터 1일

3시, 알바가 끝나고 휴대폰을 보니 여기저기서 메시지가 와 있었다. 원지, 무하, 감초 삼촌, 권 경위. 그리고 아빠.

잘 지내고 있다는 소식 들었다. 엄마는 어때? 많이 걱정했어. 한국에 갔을 줄 전혀 생각하지도 못했다. 이제는 너도 알겠지만 엄마는 가슴 깊은 상처를⋯⋯.

길었다.

감초 삼촌이 내 전화번호와 여기 상황을 알려 줬다는 내용부터 예찬이 죽음을 내가 알고 충격을 받았을 거라는 걱정, 너는 씩씩하니까 잘 이겨 내라는 가당찮은 평가와 당부 등등. 아빠는 진심일지 모르지만 내게는 설교로 들리는 그 말들을 구구절절 오타 하나 없이 적어 보낸 것이다.

　많이 걱정되는데 지금 아빠가 바로 한국에 갈 수 없어. 여러 방법을 찾아보고 있으니까 조금만 기다려 줘. 저녁에 전화할게. 우리 가족 주님이 끝까지 지켜 주실 거야.

　뒤이어 성경 한 절, 찬송가가 한 구절을 불러 주고 기도로 마무리할 기세였다.
　아빠는 늘 그랬다. 깊은 신앙심과 철저한 소명감으로 기독교 불모지에 말씀을 전하는 사역에 충실했다. 그러면서 나의 아빠이자 엄마의 남편 역할도 소홀하지 않으려고 애썼다. 엄마 때문에 마음이 우울해도 교인들 앞에서 억지로 웃었고 찬송가를 불렀다. 시도 때도 없이 찾아오는 신도들에게 아빠는 언제나 인자하고 친절하고 다정한 사람이 되어야 했다. 얼마나 버거웠을까. 힘겨웠을까. 그래서 아빠는 그렇게 새벽이나 한밤중에 혼자 울면서 기도했을까.
　답장을 뭐라 쓸까 잠깐 고민했지만 안 하기로 했다. 그러면서 기도의 응답이 없을 때 아빠가 어떻게 했는지 생각해 보았다. 엄마를 위한 기도가 하나님께 먹히지 않을 때 아빠는 자기의 기도 부족을 탓했고 엄마에게 말씀을 읽어 주었으며 성경을 필사했다. '오 신실하신 주 내 아버지여 늘 함께 계시니 두렴 없네……' 찬

양을 입에 달고 살았다. 이 순간에도 그러고 있지 않을까. 그렇게 자기의 힘든 시간을 힘겹게 버티는 중이니까.

권 경위의 메시지를 확인했다. 잘 잤니?라는 첫 문장에 픽 웃음이 나왔다. 이런 인사를 주고받을 만큼 친한가 싶었다가도 친한 척해 주니 살짝 기분이 좋았다. 출근 잘했고? 참 당연한 걸 많이 궁금해한다. 네 하고 간단히 한 글자 답을 쓰고 주머니에 넣는데 휴대폰이 바로 징 울렸다.

오늘 6시쯤 만날까?

무슨 일인지 머리를 굴렸다. 범인은 잡혔댔고 밥 먹자는 소린가? 그렇다면 잘됐다. 감초 삼촌 만날 때 옆에 있어 주고 내 편을 들어 주었으니 고맙다는 말도 전해야겠다. 또 한 글자 답을 보내자 권 경위는 퇴근하고 체육관으로 갈 테니 기다리라고 했다.

체육관에서는 연습 경기가 한창이었다. 무하를 상대하는 건 세미프로 랭킹전까지 나갔던 선수였다. 지금 프로를 준비하고 있는데 '레드 하이에나'라는 닉네임을 가지고 있으며 핵 주먹과 킥이 주무기였다. 이 체육관 대표 선수이며 체급도 한 체급 위인데 왜 저 사람이 무하를 상대하나 싶었다.

"무하가 도전장 냈다."

원지가 속삭였다. 전부터 한번 붙어 보고 싶은 상대라고 했단다. 경기는 흥미진진하게 흘러갔다. 상대가 월등히 잘했지만 무하도 만만하게 밀리지 않았다. 날렵한 몸을 이용해 방어하며 조르기를 시도했다. 경기 운영이 영리했다. 하지만 졌다. 뻔한 결과였지만 무하는 잘 싸웠다.

"명승부였다. 잘했어. 시합에 나가서도 오늘처럼 해."

관장은 매우 만족했다. 무하도 자신이 무엇을 더 보강해야 하는지 알았다며 더 준비하겠단다. 그 눈빛은 졌지만 멋져 보였다. 원지는 무하 매니저로서 물을 건네고 수건으로 몸을 닦아 줬다. 운동은 못하지만 스포츠 매니지먼트에 관심이 있다는 원지다웠다.

나는 줄넘기로 몸을 풀고, 무릎을 직각으로 들며 머리 위로 올린 팔을 내리는 동작을 하며 체육관을 열 바퀴 돌았다. 신기하게도 머릿속은 복잡한데 몸은 가벼웠다. 핸드랩을 감으며 오늘 훈련을 어떻게 할까 계산했다.

"오늘 눈빛 장난 아닌데."

원지가 무하의 복근 운동을 지켜보다 내게 왔다. 관장도 나를 스치다 잠깐 멈췄다. 그러고는 오늘 미트* 치기 해 보겠냐고 물었다. 나는 벌떡 일어서며 "네!" 소리쳤다. 원지는 진도가 너무 빠른 거 아니냐고 걱정했다.

---

* 상대의 펀치를 받아 주기 위해 사용하는 훈련용 기구.

"경기 시간에 맞춰 삼 분씩 세 번. 지정 미트 치기는 괜찮아."

관장은 원지를 다독인 뒤 내게 먼저 기본 훈련부터 다 끝내라고 했다. 그 뒤에 하자고.

샌드백에 붙어 펀칭 연습과 킥 연습을 했다. 숨이 차 샌드백을 잡고 숨을 돌릴 때 원지가 스프링 달린 노트를 내밀었다.

"네 훈련 기록장."

표지를 펼치니 관장이 짜 준 훈련 계획이 붙어 있었다.

"무하가 네 것도 만들어 주라고 하더라. 뭐…… 나야 내가 관리하는 선수가 한 명 더 들어오는 거니까 당연히 오케이 했지. 어때?"

나도 당연히 좋았다. 내 꿈을, 미래를 같이 이야기할 친구가 생기는 것만으로도 든든했다.

"자, 그럼 오늘부터 1일."

원지는 검지를 세워 보였다. 누군가랑 함께하는 거, 참 기분 좋은 일이다.

원지는 미트 치기에 대비하자며 샌드백을 끌어당겼다가 놓아주기를 반복했다. 샌드백이 날아올 때마다 주먹으로 타격하거나 킥을 차야 했다. 원지는 훈련법을 꿰뚫고 있는 전문 트레이너 같았다. 목소리도 컸다.

"거리 조정하고. 호흡도!"

"그렇지. 급하지 않게."

"체중 실어야지, 체중."

"상체를 빼면 안 돼. 집중해!"

"중심이 흔들리면 안 돼. 전진 스텝! 전진!"

내 펀치와 킥을 유심히 지켜보던 관장이 그만하라고 했다. 몇 가지 주의 사항을 말해 준 뒤 직접 파트너를 해 주었다. 양손에 빨간 미트 글러브를 끼고 허리에 파란 보호대를 찼다. 내가 펀치를 치고 킥을 찰 때마다 들리는 퍽, 퍽 소리가 그렇게 후련할 수 없다. 관장은 스피드와 펀치의 세기를 느끼며 치라고 강조했다. 그냥 때려서는 안 됐다. 자신만의 리듬과 호흡, 힘과 기술력이 총동원되어야 자기 위력을 발휘할 수 있단다. 어떤 상대에게든 겁먹지 말고.

약속한 시간에 권 경위가 왔다. 원지가 어디 가냐며 따라붙었다. 무하도 같이 가자고 나섰다. 권 경위는 잠깐 생각하더니 "좀 먼데?" 하고 물었다. 원지는 멀수록 좋다고 했다.

"괜히 따라왔다고 하기 없기다?"

무하는 그럴 일 없다며 큰소리를 떵떵 쳤다. 우리는 당연하게도 저녁 식사 시간이라 밥 먹으러 가는 줄 알았다. 그런데 삼십 분을 달려 도착한 곳은 추모 공원이었다. 모두 눈이 휘둥그레졌다.

"사실 우리 엄마 돌아가신 지 사십구 일째 되는 날이야. 그런데 너희랑 이렇게 같이 왔네. 우리 엄마 손주도 없는데 잘됐다."

권 경위가 호탕하게 웃었다. 엄마 죽음 앞에 저렇게 웃을 수 있나 싶었다. 그리고 나를 왜 여기에 데리고 왔는지 살짝 짐작됐다. 내 사연, 내 이야기를 듣고 무엇을 해 줄 수 있을까 고민했나 보다. 이렇게까지 신경 안 써 줘도 되는데 폐를 끼치는 건 아닌지 조금은 부담스러웠다. 내가 해 줄 수 있는 건 아무것도 없으니까.

봉안당 안으로 들어갔다. 유골함이 든 칸칸이 사진과 조화를 가득 넣어 두고 죽은 사람을 추억하고 있었다. 권 경위 엄마는 긴 벽의 맨 위에 있었다. 고개를 들어야 원통형 유골함이 보였다. 유독 그 칸에만 꽃이며 사진 그 어느 것도 붙어 있지 않아 매우 단조로워 보였다. 권 경위는 잠깐 묵념하더니 가방에서 작은 액자를 꺼냈다. 당연히 사진일 줄 알았는데 아니었다. 원목으로 된 틀에 작은 조화 장미가 붙어 있었다. 틀에 끼워진 유리에 검은 글씨로 '엄마, 다시 만나요.'라고 쓰여 있었다. 순간, 나는 엄마와 딸로 다시 만나고 싶을까 하는 질문이 가슴에서 올라왔다. 전혀. 다시 만나고 싶지 않다는 것이 내 대답이다.

"사진은 왜 없어요?"

원지가 자기 할머니를 모신 것처럼 서운해했다. 권 경위는 피식 웃고 말았다. 엄마의 죽음 앞에서 울거나 슬퍼하거나 안타까워하는 모습은 없었다. 죽음에 저토록 덤덤할 수 있는 속사정이 궁금했다. 엄마와 떨어지고 싶어서 경기도로 갔다던 말, 슬퍼 보였던 눈이 생각났다. 하지만 대놓고 물을 수는 없었다.

저녁 메뉴는 순두부찌개로 결정됐다. 검은 뚝배기에 나오는 음

식이었는데 오징어까지 들어 있었다. 정말 맛있었다. 춥기도 했고
배도 고팠던 터라 허겁지겁 먹다가 입천장까지 데었다. 맛있는
음식을 먹으며 다들 웃는데 나는 왜인지 웃음이 안 나왔다. 웃음
이 목구멍에서 막혀 버린 것 같았고 뭔가가 꾹 누르고 있는 것 같
았다. 나도 좀 웃고 싶은데.

배가 어느 정도 차자 무하가 물었다.

"경위님은 원래 꿈이 경찰이었어요?"

원지가 바로 그랬을 것 같다며 완전히 경찰과 잘 어울린다고
말했다. 공부도 잘했을 것 같다며 엄지를 세웠다.

"아니."

권 경위 대답은 아주 단호했다. 절대 경찰은 되기 싫었단다. 조
폭이 되고 싶었는데 그건 안 되는 일이라 경찰이 되었다고 했다.
원지와 무하가 "조폭요?" 하고 되물었다.

"응. 그런데 초등학교 사 학년 때 꿈을 조폭이라고 썼다가 선생
하고 엄마한테 엄청 혼났지. 그날 엄마는 나한테 실망했다면서
같이 죽자고 했었어. 며칠 학교도 안 보냈다니까."

의외였다. 원지는 경위님은 완전 모범생이었을 것 같은데 아니
었다면서 "그래도 경찰이 될 수 있구나." 하고 웃었다.

"아빠는 뭐랬어요?"

무하가 물었다.

"아빠? ……글쎄. 내가 태어나는 순간부터 아빠가 안 계셔서 모

르겠네."

권 경위는 물컵을 들었다. 원지가 갑자기 물컵을 들더니 권 경위 잔에 부딪쳤다.

"저도 아빠 없어요. 나 두 살 때 이혼. 얼굴도 몰라요. 보고 싶지도 않은데 자꾸 사람들이 물어요. 아빠 보고 싶냐고. 아빠 없어서 불쌍하다고. 난 불쌍한 사람 아닌데. 그치 무하야."

무하가 절대 안 불쌍하다고 맞장구쳤다. 너무 씩씩해서 탈이라고. 이 말을 들은 권 경위가 지그시 미소 지으며 말했다.

"씩씩한 사람도, 잘 웃는 사람도, 용감한 사람도 모두 한 점씩은 아픈 구석이 있지. 누구나 다. 나만 그런 줄 알고 이만큼 살았는데 어느 구석에서는 다들 그렇게 아프더라고. 그걸 혼자 감당하느라 끙끙 앓으며 견디는 거였어."

저녁을 먹은 뒤 권 경위 차를 타고 원지네 가게로 왔다. 엄마가 지금 아파트에서 가게로 오고 있다고 했다. 권 경위는 차에서 가져올 게 있다며 나더러 잠깐 따라 나오라고 했다. 차 트렁크에는 귤 한 상자가 실려 있었다. 혼자 들어도 거뜬한.

"하람아."

권 경위가 트렁크 앞에 서서 날 불렀다. 너무 진지해서 놀랐다.

"엄마랑 친할 수 없고 사랑하는 관계가 아닌 건 아프지만, 엄마가 용서가 안 될 때는 용서하려고 너무 애쓰지 마."

나는 권 경위를 빤히 쳐다봤다.

"용서하지 말고 조금이라도 이해했다면 엄마 인생이 그렇구나, 안됐네 하고 바라봐. 너무 가까이 다가가 보려 하지 말고, 매이지 말고. 그건 엄마 인생이니까. 넌 너대로 살아."

권 경위는 이 말을 꼭 해 주고 싶었다고 했다. 오늘 자기 이야기를 해 주고 싶었는데 못 했다면서 언젠가는 해 주겠다고 했다. 마음이 왜 이렇게 든든해지는지 모르겠다.

집에 오니 감초 삼촌이 낮에 다녀갔는지 식탁 위에 메모가 놓여 있었다.

하람아, 운동하려면 잘 먹어야 하는 거 알지? 쌀과 반찬, 고기 좀 놓고 간다. 다른 건 몰라도 삼촌이 고기는 안 끊기게 대 줄 테니 많이 먹어. 파이팅!

냉장고에는 닭가슴살과 소고기, 양념이 된 돼지고기까지 잔뜩 들어 있었다. 벌써 몸에 단단한 근육이 생기는 느낌이다. 이런 응원을 받아 본 적이 없는 나였지만 응원이 얼마나 힘이 되는지 알 것 같았다.

엄마와 나는 서로 말없이 각자 할 일을 했다. 나는 샤워하고 속옷과 운동복을 빨아 널었다. 거실로 나오니 엄마가 식탁에 놔둔 감초 삼촌 메모를 읽고 있었다. 맙소사! 메모지를 내려놓은 엄마는 싱크대로 갔다. 그 모습이 너무나 생소했다. 설마 음식을 하려는 건가. 이 밤에 먹을 건 아닐 테니 내일 아침을 준비하는 거라면……. 이건 말도 안 되는, 있을 수 없는 기대 이상의 예고편이다.

띠리리리링, 띠리리링…….

휴대폰 소리에 가방을 뒤져 전화기를 찾았다. 아빠다. 심지어 영상 통화. 띠리리리링, 띠리리링…….

나는 아직 아빠 목소리를 들을 준비가 안 됐는데……. 띠리리리링, 띠리리링…….

전화가 끊기를 기다리는데 엄마가 몸을 돌려 다가왔다. 엄마가 내 옆으로 오려는 건가, 올까? 전화가 끊기면 엄마 걸음이 멈추는 건 아닐까. 일 초도 안 되는 사이에 두근거리고 겁이 나고 떨렸다. 나는 얼른 통화 버튼을 눌렀다.

"하람아."

아빠 얼굴이 화면에 가득 떴다. 내 얼굴이 휴대폰 화면 왼쪽 귀퉁이로 올라갔다.

"엄마는?"

나는 전화기를 내 뒤에 있는 엄마에게 건넸다.

"지은아, 괜찮아? ……."

엄마는 전화기를 들고 방으로 갔다. 소곤소곤.

한참 뒤, 방에서 나온 엄마는 눈이 빨갰다. 얼굴을 돌린 채 전화기를 내게 건네고 곧장 화장실로 들어갔다.

"하람아, 아빠가…… 나중에 더 깊은 이야기 해 줄게. 우리 가족 이야기를 다른 사람에게 듣게 해서 미안하다."

아빠 진심이 너무 진해서 내 심장이 먹먹해졌다. 나는 아무 말
도 할 수 없었고 눈물이 나는 걸 참으려고 입안을 이로 물고 버텼
다. '미안하다'라는 말은 묵직하면서도 동시에 공허하게 느껴졌
다. 그 한마디로 퉁칠 수 있는 시간이 아니다. 그 말 한 번에 아물
수 있는 상처도 아니다. '미안하다'는 그 마음, 짐작은 하지만 내
고통에 비해 턱없이 쉽다. 이를 악물고 버틴 내 오기에 비해 어처
구니없이 가볍다.

전화를 끊은 뒤 아빠는 장문의 메시지를 보내왔다. 내게 고맙다
고 했다. 그리고,

하람아, 네 용기 앞에서 아빠가 한없이 부끄러워진다. 아빠는 엄마
상처가 덧날까 봐 한국 가는 걸 두려워했는데 말이야.

이제 와 이 고백이 무슨 소용인지 모르겠다. 그렇지만 나는 아
빠의 이 서툴고 어설픈 논리를 갸륵하게 봐 주기로 했다. 그렇게
라도 버티려고 한, 지독히도 모자란 방법으로 버텨 준 아빠와 엄
마가 가상하니까. 하지만 이제는 엄마가 나를 한번 봐 주기를 갈
구하지 않는다. 아빠의 바짓가랑이 뒤로 숨을 나이도 지났다. 두
팔 벌려 나를 안아 주길 기대하지도 않는다. 달려가 안기고 싶은
엄마 아빠 품보다 내가 품고 싶은 세상이 있다는 걸 알았다. 내 갈

구는 이제 그 세상을 향해 있다.

자려는데 '파이트' 단톡방에 알림이 떴다.

선수님들, 챔피언 벨트를 어깨에 거는 꿈 꾸며 주무시길. 허리에 차셔도 좋습니다. 우리의 꿈은 이루어진다. 파이어!

어느새 내 반경에 들어온 사람들이 있다. 날 봐 주고 웃게 해 주는 사람들. 나를 불쌍히 여기지 않고 내게 애정 어린 관심을 툭툭 던져 주는 사람들.

그들 덕분에 하나에 꽂혔던 내 시야가 넓어졌다. 이제는 보이지 않았던 것들이 보이고 들리지 않았던 소리가 들린다. 그래서 그들과 오른 링 위에서 함께 버텨 갈 앞날이 기대된다.

에
필
로
그

"출발하시죠."

관장이 권 경위에게 말하며 15인승 노란 버스에 올랐다. 원지, 무하, 나는 권 경위 차에 올랐다. 지금 우리는 원주로 간다. 유명 선수 경기를 보러. 엄마와 떨어지는 첫 여행이다.

나도 누군가에게,
누군가에게 나도

"요즘 힘들구나."

그 말을 듣는 순간 나도 모르게 눈물이 주르륵 흘렀다. 특별한 말이 아닌데도 한번 흐르기 시작한 눈물은 멈추지 않았다. 전화기 너머에 있는 친구에게 들킬까 봐 소리를 죽였다. 그럼에도 그 친구는 내가 우는 걸 눈치챘고 충분히 울도록 기다려 주었다.

그즈음 나는 너무도 지치고 힘든 일상을 보내고 있었다. 나 혼자 감당하기 버거운 문제들을 끌어안고 심하게 끙끙 앓는 중이었다. 설상가상, 또 다른 문제들까지 연이어 터져 숨쉬기조차 힘들었다. 누구에게 말한다고 알아줄 사람도 없고 남이 해결해 줄 수도 없는 문제라 오롯이 혼자 이를 악물고 견뎌야 했다. 시간이 지날수록 몸은 지쳐 가고 정신은 피폐해졌다. 이제는 하루도 더 버틸 수 없다고 생각한 최악의 시점에 그 친구에게서 전화가 온 것이다.

가족이나 가까운 친구에게조차 내가 짊어진 고통과 고민을 숨겼다. 내 힘듦을 아무에게도 들키기 싫었고 누구도 날 불쌍하게 보지 않기를 바랐다. 그래서 사람들을 만날 때면 일부러 더 크게 웃으며 밝은 면을 보여 주려고 애썼다. 내 웃는 모습만 보고 부러워하는 사람도 있었으니 잘하고 있다고 생각했다. 하지만 그럴수록 아픔을 더 꽁꽁 싸매고 감출 수밖에 없으니 상처는 곪을 대로 곪아 가고 있었다. 내가 할 수 있는 거라고는 참고 버티는 일뿐이었다.

　전화를 걸어 와 안부를 묻고 힘드냐고 물어 준 친구는 몇 달 전 처음 인사만 나눈 사이였다. 하는 일도 전혀 다르고 오래 친분이 쌓인 관계도 아니라 서로에 대해 잘 알지 못했다. 그날 통화 주제도 내 사정과는 전혀 다른 내용이었다. 그런데 이야기를 나누는 도중에 그 친구가 내 말 어디에선가 내 힘듦을 읽어 내고 위로를 건넨 것이다. 눈물을 흘리면서도 내 속을 들킨 것이 당황스럽고 부끄러워 부랴부랴 얼토당토않은 핑계를 대고 전화를 끊었다. 그렇지만 여기서 고백하자면 그렇게 충분히 울고 난 뒤 내 고통은 훨씬 가볍게 느껴졌고 아픔을 이겨 낼 힘을 얻었다. 사람이 사람에게 전달하는 위로의 위력을 경험한 것이다. 그 친구는 어떻게 알고 그렇게 말해 준 것일까. 나는 또 왜 그렇게 울었을까.

　그 경험을 바탕으로 사람과 사람 사이를 이야기하고 싶었다. 상처를 주고받는 사이에서 서로를 이해할 수 있는 거리가 있을 것 같았고, 위로와 힘을 주는 관계에서는 서로의 마음이 가닿는 방법이 있지 않을까 싶었다. 어쩌면 사람을 어려워하고 마음 터놓기를 두려워하는 개인적인 고민에서 시작된 발상일지 모른다. 한편으로 내가 전달받은 위로의 힘을 나도 누군가에게 전할 방법을 찾고 싶었다.

『파이트』의 인물들은 그것을 참 잘 해냈다. 내가 감당하고 있는 고통이 버거울 때 주변에서 건네는 말 한마디, 따뜻한 시선과 관심이 얼마나 큰 도움이 되는지 보여 주었다. 나이나 사회적 위치, 친밀한 정도를 떠나 그저 사람 대 사람으로 마음을 나누고 서로에게 다가가는 법을 가르쳐 주었다. 각자 자신만의 방식으로.

앞으로는 나도 하람이, 무하, 원지, 권 경위, 감초 삼촌이 알려 준 방법으로 세상을 살아 볼 작정이다. 내가 누군가에게 받은 것처럼 또 누군가에게 나도 위로를 전달하고 힘을 줄 수 있다면 더없는 삶의 기쁨이 될 테니까.

지체할 필요 없이 지금 여기서부터 실천해야겠다. 『파이트』의 시작과 끝을 책임지고 맡아 주신 안신희 편집자님 감사합니다. 덕분에 탄탄하고 촘촘한 작품이 되었음은 물론이고 인물들의 개성과 매력도 잘 살아났습니다. 그 애정 어린 시선 잊지 않겠습니다. 청소년 소설을 쓰도록 이끌어 주시고 가르쳐 주시는 배봉기 교수님 고맙습니다. 언제나 큰 힘이 됩니다. 우리 동지 해윤, 지현,

한나, 현주 님 저와 함께 걸어 주셔서 감사합니다. 그리고 지치지 않는 응원을 보내 주며 각자의 길에서 최선을 다하고 있는 우리 가족 사랑합니다.

　마지막으로 이 책을 읽어 주시는 모든 독자님께 마음 다해 감사를 전합니다. 늘 흐뭇한 날 되시기를 바랍니다.

2025년 벚꽃 필 무렵

이라야

창비청소년문학 135
파이트

초판 1쇄 발행 | 2025년 5월 9일

지은이 | 이라야
펴낸이 | 염종선
책임편집 | 안신희
조판 | 박지현
펴낸곳 | (주)창비
등록 | 1986년 8월 5일 제85호
주소 | 10881 경기도 파주시 회동길 184
전화 | 031-955-3333
팩스 | 영업 031-955-3399 편집 031-955-3400
홈페이지 | www.changbi.com
전자우편 | ya@changbi.com

ⓒ 이라야 2025
ISBN 978-89-364-5735-8 43810